我的念想，我的想念，

都是你。

每個人的心裡都有一個忘懷不了的故事，

是這些故事讓我記住自己最初的模樣。

你的少年念想

文 —— 不朽 —— 文

悅知文化

我們在悠長思念的尋覓之途上前行，往復徘徊，兜兜轉轉，為的不過是記憶裡的某樣人事物。我們渴望尋覓的並不是長路的盡頭，而是曾在途中曾遇見過的某樣人事物，為了他，我們用盡各種方法，只為了深刻地記著他。我們傾盡一生所渴望的，不過是記著某個他，唯有記得他，生命便有了重量與歸屬，生命的重量與歸屬是記憶的鄉愁。我們一生所尋覓的不過是一個記憶的歸鄉。不朽寫的即是這樣的歸鄉。

——**陳曉唯**．作家

誰沒有過年少輕狂。還記得當時的自己嗎？記得那個無所畏懼的自己。曾有的張揚莽撞，是年輕氣盛時的不可一世，是年紀漸長後的促膝長談，是光陰裡無以熄滅的點點星火。我們都是從這片蒼白荒蕪的歲月裡生根發芽的。不朽寫下的正是我們唯一的、最奮不顧身的青春。

——**溫如生**．作家

這本書給我的感覺像是微雨的夏日星夜，是就算淋著雨，也捨不得錯過哪怕一眼的青春，是今夏最美的一筆。

——知寒・作家

喝第一口啤酒的年紀，我們不妄言喜歡。喜歡是花瓣，從根到枝枒，再從樹梢到土壤，甘願被踩踏卻不覺可惜的花瓣。

——渺渺・作家

每個人心中都住著一個少年的自己，念想著某個忘不掉的曾經，想念著年少的青春與氣質，用不朽的文字題下歲月的註腳，每一篇故事都是一場美好與缺憾的交錯。如果你想拾回一些生活的熱情，那這本書絕不該缺席。

——Kaoru 阿嚕・作家

目錄

推薦序……002

輯一・少年念想

「你的深情如星辰熠熠」……008
「你是年年日日的錯付」……036
「你的惡與我的錯」……064
「喜歡是心動的累積」……098
「歷經千百的花開花落」……124

輯二·想念年少

「離別後緬懷」……146
「你的美好似若晴天」……180
「想念年少的你」……220
「悲傷過度是愛」……252
「我的成長痛」……284

後記·青春有青春的好，長大也有長大的好。

……302

輯一——少年念想

你的深情如星辰熠熠

「要有多幸運，才能成為你眼中的耀眼星辰」

1

應該是夏天吧。

不然在河堤邊吹來的風不會滲著一種濃烈的濕熱氣味，彷彿風裡流淌著汗水，是大片的濕濡充斥在萬里無雲的夜空下。

應該是一個平凡的日子吧。河堤邊的那條小路上有穿著校服的身影。小路連著通往老舊的小區，路燈偶爾倏地一閃，把再普通不過的小路照得泛黃。

如果再把聚焦拉近，應該是一群快樂的臉孔。半空中晃動著激閃的亮光，我把煙火點上，看著那火苗燃起的星星，快速地閃動、發亮，將煙火棒舉起來，在空中揮動著，悄悄地寫著當天的日期，身邊突然響起他們的聲音——

「蘇昀，生日快樂！」

我回過頭來，是少槿、銘希、若安、邱翊然他們的臉。

有那麼一個瞬間，我從他們眼中看見在夜空中盛放的光。

是的，十七歲了。

忘了當時準確的心願，大概也就是盼望自己能夠以夢為馬，或者不負韶華，諸如此類的願望。記得電影裡是這麼說的，人生是一場美夢與熱望。那麼，我想，能夠對於這個世界熱烈地盼望，是多好的事啊。

把故事的焦點再一次轉回那個瞬間的我身上。

我們幾個人站在河堤邊，站在小路旁的大石上，望著那片星星墜落的夜空，每個人都舉著煙火棒，雖然頭頂沒有一片雲朵，月亮卻隱隱地發亮。我的眼前是熾熱的火花，一閃一閃，綻放出七彩的斑爛。

其實只是一個剎那發生的事。

我一個沒留神，若安正在晃動著的煙火從她的手中脫出，就這樣朝我甩了過來，電光火石般的瞬間，身後驀然有一隻強而有力的手把我往後拽了一下——

耳邊轟然是邱翊然的聲音：「小心！」

煙火沒有如預期地燒落在我的身上，結果平淡地掉在小路邊。同時，我身後的手快速地鬆開了，沒等我反應過來，其他人馬上來到我的身邊，「妳沒事吧，蘇昀？」

我尷尬地搖搖頭，表示沒有大礙。

這時我才意識到身後的陰影，是個高大的影子重疊在我的影子上，讓路燈映出一抹黃暈，我轉過頭看，望向那個人，他低下頭輕聲地詢問：「妳沒事吧？」

「嚇死我了，謝謝你啊。」我看了一下他，怕大家的氣氛尷尬生硬，就輕鬆地跟他道謝。

他聽見我的話，嘴角彎了一下，微笑著點頭。然後他扶著腳踏車，緩緩地繼續走著他本來的路線，漸漸地和我的身影錯開，那是一陣淡淡的煙火和清新的味道混合在一起。

他的身影漸行漸遠，我仔細看了一下，是那所市裡最好的高中的校服。又再盯了一下，人長得真高，肯定有打籃球吧。

「昀昀對不起啊，我剛剛沒有抓穩，一回頭它就不見了……」若安兩隻小手合掌搓了搓，表情難堪地跟我道歉。我白了她一眼，是冒失的她沒錯了。

「行了，我來收拾一下吧。」

邱翊然化解了這一幕被突如其來的意外給澆熄的快樂。

「哦。」

我撿起已經熄滅的煙火殘骸，忍不住又回頭看。

那個人的身影已經從我眼中高大的男生變成只有我的手掌那麼大的背影，而那陣清新慢慢地溶進了悶暑的空氣中，消失得無影無蹤。

唯獨，我的手臂被誰用力拉過的位置，沒由來地顯顯發燙。

你說，為什麼到後來，我總是能夠記住那個時候的日子。即使那些日子從來都不特別也不絢爛，但我卻能夠清晰地想起當時我的臉孔，如同看得清指尖的細紋那般，滲透著的快樂和憂傷，像是刻進詩篇裡的萬世不易，無論後來的時光再多用力，也都洗不去當時的千萬光景。

那個時候的我們，生命裡所有的遇見，都是花朝月夕。

2

我想也許所有的故事都是從偶然開始的。

就像是梅雨季裡無可預知的一場雨，總讓人措手不及，只能被迫在暗地裡看風起雲湧。所有的偶然都不如預期出現，也正是因為那些生命中措手不及的遇見和出現，在我們往後的人生裡留下許多深深淺淺的痕跡。我們都以為想像中的最好就是人生裡最好的安排，但其實不是的，這個世界上最美好的安排，全都是基於我們料想不到的意外。

下課後，若安的腳踏車壞了送修，本來她和少槿這兩個雙生兒每天都一起回家的，但那天少槿被老師叫去處理一些事情，我便答應若安要送她回家。

本來從學校回家的路程只需要騎十分鐘，如果要繞去河堤邊就需要多一倍的時間。只是兩個小女生，一邊騎一邊聊天，走走停停，一晃居然不止三十分鐘。

於是我特地繞去河堤邊，送了她回家之後，再從河堤邊一路騎著回家，天色已經從一片橘橙濃濃地暗了下來，帶上耳機，在小路騎得好慢。

迎面而來，從小路的末處，餘暉的盡頭那裡漸漸清晰，是那個人。

穿著另一所高中的校服，在暗淡的日光裡顯出一身亮白，他輕輕扶著腳踏車，沿著河堤邊的小路緩緩地跟我同方向前進。

忽然間有人在叫他：「阿帆，明天見啦！」

他轉個頭，和跟他說話的哥們比一下手勢，兩人很快地告別後，他就繼續走著原本的軌跡，不緊不慢地，就這樣到我的面前。

剛剛看了一下他的朋友手上拿著籃球，再仔細觀察一下他身上白襯衫的扣子解開了，衣服也沒有上次那麼整齊。果然，我想的沒錯，他果然會打籃球。

快要經過我身邊的時候，他瞥看了我一眼，然後馬上把目光移開。

我有點失望地垂下了眼眸，他又重新打量了我一眼。
這時我抬頭望著他，才察覺到他的眼中有笑過的痕跡。
「哦？」我假裝這個時候才認出了他。
他雙眸彎彎，「上次沒有受傷吧？」
「沒有沒有，小事而已。」
心裡有點小心虛，但也同時有點慶幸。他還記得呢。
他繼續推著腳踏車往前，我也跟著往前，有好一段路，兩人都沒有說話。

秋風無痕，流水無聲。
沉寂的大湖從這時悄悄地掀起了暗湧。

「妳幾年級啊？」他看了一眼我的校服。
「高二了。你呢？」
「我也是。」
「你家住這附近？」
「對啊，就前面的小區。」
「啊……難怪你都會走河堤邊這條小路。」

沒有靠他很近，但能清楚聽見他利索的聲音。沒有認真地看過他的臉孔，卻能清晰描繪他的輪廓。沒敢聊天聊得太深入，深怕他覺得我是個奇怪的人，於是小心翼翼地發問，盡量自然地回應，心裡想的卻是，把他說過的話記了下來。

「剛剛不小心聽到你的朋友叫你阿帆？阿凡達的凡嗎？」

「嗯？巾凡的帆。」他又笑了笑，忍俊不禁，「上次我也不小心聽到妳的朋友叫妳蘇雲？雲朵的雲嗎？」

「啊？不是，日勻的昀。」

「啊，蘇昀。」

他爽朗的聲音輕輕喊著我的名字，聲聲入耳，我竟聽愣了神。

「那我走這邊囉。」

走到分岔路的時候，他修長的手指指向某個巷弄。

我點了點頭，指向另一邊：「我走這一邊。」

他點點頭，又露出淡淡的笑容，比了一下再見的手勢，就坐上了腳踏車，朝向另一頭的巷弄騎著腳踏車而去。

等我回過神來，他的身影就化進了錯落有致的小巷裡。

一堂秋葉，恰恰落在了心的大湖上。

從此泛泛漣漪都心辰有意。

3

從那天起，下課回家的路多了一程，河堤邊的小路變成了必經之路。

回家的時間從十分鐘變成了三十分鐘，從喜歡週末變成喜歡上課的日子，每天最期待的時間從下課和朋友玩耍聊天變成了特定的時段經過特定的路，以及，碰上特定的人。

第二次「回家」的時候，我故意把回家的路線走得好慢好慢，想看他大概什麼時候會經過這段路，如果跟之前一樣的話，就差不多六點半吧。

還要想辦法讓相遇像是偶然，不能讓他知道我在這裡等他。

在小路走著走著，身後就傳來了他的聲音。

他還很驚訝地問我：「原來妳也是每天都會經過這裡啊。」

「啊，對啊。」我有點不好意思地回答，像是被人發現寫在日記裡的小秘密，心虛地撒了個小謊。

「怎麼之前都沒有見過妳？」

「之前我們不認識啊，可能沒怎麼注意吧，哈哈。」

我眨眨眼睛，試圖把這個話題蒙混過去。

阿帆沒有多說什麼，繼續扶著腳踏車。

初秋的風涼意漸起，比起夏天那冒著汗水的熱風，多了一點乾爽的感覺。小路的一邊是河堤，另一邊則是一整排剛泛黃的梧桐樹，剛好與老舊的街燈錯開來。清涼的晚風吹過滿葉枝椏，也吹拂過他的臉。

第三次見面，我仍然不敢正眼凝視他。

他的目光落在不遠的小路末處，因為長得高的關係走得比我稍快一些，我推著腳踏車緊緊地跟在他的身旁。

我們什麼話都沒說，我因為他是不是覺得我很奇怪的想法，忍不住打量著他的側顏。

乾淨清澈的臉孔。

不是很長的瀏海沒有遮住他如炬的目光，兩頰是短練的鬢角，抬起頭來有輪廓分明的下巴，還有總是帶著溫柔笑容的嘴巴，還有悠揚低微的聲音，還有清新的味道，還有好多好多。

這些想法在短促的時間內把我憋出了一陣赧然。

在他轉過來看我的時候，幾乎是生理的反應，極快地把目光移至別處。

「妳們平常都來這裡放煙火啊。」

他把視線從我臉上轉移到河堤邊，啊，馬上就要走到那天我們放煙火的位置。

「啊？沒有啊，那天剛好是我生日。」

「喔原來是這樣。」

有一條路，當你自己去走的時候，你發現這條路好漫長，得花了好多的時間才能獨自走完。但是，當你和某些人在走那一條路的時候，時間計算的方法像是換了一個單位似的，再也無法同等去精算，無法得到相同的答案。而你回頭一看，才發現那條路、那段時光竟在不知不覺之中消耗得如同在手中迅速漏失的沙。

在分別的路口，他照常的舉起手朝我比一下手勢，然後俐落地離去。

他走得好輕，卻在我的心上踏下很深很深的影子。

4

你大概不知道吧。

那不是我回家一定要經過的路，也不是我生命軌道中必須的一節，後來的每一次偶然都不是意料之外，而是別有用心。別有用心地等待，別有用心地重逢，別有用心地留下痕跡，別有用心地想方設法留在你的生活裡，想和你多說一句話，想和你多待一分鐘，想和你多走一步路，想和你在一起，即使只是這一段路而已。

有一份歡喜，日日常生。

說不出是什麼理由，說不出是因為哪一個動作或是哪一句話，甚至也沒辦法好好說明這份歡喜具體的感覺，其背後隱藏的意義，抑或所有關於這種不安和躁動的來源。

但又有什麼關係。

就像是在貧瘠之荒種下一顆溫靄的種子，又像是乍現在漆黑夜空中的耀眼星辰，或是掉落在人間某處拼圖的最後一塊。有些人，就注定會成為我們生命中的無可比擬。

還記得有一次。

我們一起「回家」的路上，如常地被路燈映射在參差不一的梧桐樹葉上，是我們微微重疊的影子，他高大的影子蓋在我的影子上面，平穩的前進。

猝不及防。

一聲淒婉的叫聲從縹遙的地方傳出，劃破那小路的寧靜。

「喵——」

我們對看了一眼，把腳踏車安置在路邊一角，開始尋找發出聲音的主體。

終於在河堤邊的一個小洞那裡發現了小貓的蹤影。

阿帆走了上前，輕柔地把小貓抱了起來，仔細地凝視著。

「哎呀，你受傷了啊。」

他溫柔地抓起小貓的一隻手，認真地看著。

「啊，等一下。」

我馬上翻開我的書包，找到被我塞在深處的ＯＫ繃，把包裝紙撕了下來，小心翼翼地試圖給小貓貼上。

他有點錯愕，又馬上彎起了眼角，輕輕地對我說：「不能貼，我們的ＯＫ繃太黏了，搞不到會更弄傷牠……」

「啊？那怎麼辦啊？」

「這樣吧，我騎腳踏車去給牠買紗布，妳先在這裡看好牠。」

我點點頭，望著他飛快地跑回腳踏車那邊，然後離開。

我低頭看著剛被他塞到我懷裡的小貓。
對著牠說：「你真幸福啊。」
小貓似懂非懂地望著我，擺了一下尾巴。
我說：「素未謀面，他就抱了你欸。」
小貓沒有理會我，在我懷裡翻了個身，小爪踏在我的手上。
哼，在跟我炫耀呢。
我眯起眼看著牠，牠也不知道我的心思，四隻爪在我的懷裡蹭啊蹭。
啊，果然恨不起來，好可愛呀。

在我和小貓企圖溝通的時候，阿帆回來了。
他帶著一卷紗布還有一些食物，從遠處就朝我揮著手，嘴角彎開的弧度真好看，迎面而來他的臉孔在我的心裡剜出了一道縫，汩汩而下植根在比心更深的地方。
「對不起，等了很久嗎？」
他停在我的面前，微微地喘著氣，額前有細微的水珠。
我眨眨眼睛，搖頭沒有說話。
「剛好經過就回家拿了點吃的。」
他把書包放到地面的一角，把手中的紗布弄成適合的長度，忽然朝我走得更近了。

「我上網查了一下，剛好家裡的藥可以用。」

我怔住，身體失去動彈的力氣，壓根也沒有聽清楚他在說什麼。

他向小貓低下頭來，又離我近了幾分，我不禁屏住了呼吸，沒敢發出任何的聲音，只看他輕柔地用骨節分明的手指給小貓上了一點藥，再慢條斯理地一圈一圈給牠卷起了紗布。

要等到他真正地回到一開始的距離，我失焦的雙眼才能再次找回最初的光線。

「你、你很喜歡貓嗎？」我極力隱藏著紊亂的呼吸，試探著問。

「喜歡動物。」

他從我手中接過小貓，那溫暖的溫度還殘留在他不經意觸到的地方。

這樣子，在無聲之中滲得越來越深。

阿帆，巾凡的帆。

念我們這區裡最好的高中，偶爾打籃球。

不喜歡說再見，所以總是用手勢代替話語。

每天傍晚六點半下課回家，必經河堤邊的小路。

喜歡動物，是會為了受傷的小貓不怕麻煩的人。

還有，雙手永遠暖和的溫度。

是十七歲的我，最喜歡的一切。

5

從那天起，小貓成為我的故事裡的常客。

和他一起下課回家的路上，牠偶爾會出現，到後來我們常常在同一個時間點去同一個位置找牠的時候，發現牠早已經站在那裡等待我們了。

有天傍晚，阿帆並沒有一如既往在六點半出現在河堤邊的小路，為此我想遍了所有的理由，想著他可能身體不舒服沒有去上課，還是該不會出了什麼意外諸如此類的想法，充塞著這顆懸在半空惶恐不安的心。

後來等天色完全暗了下來，我蹲在那個小貓常待的小洞那裡。嘴巴上說的是，習慣看看這隻小貓，但是到後來我才知道，不肯承認的，其實是我習慣等他。

「阿喵阿喵，你知道這是我認識他的第幾天嗎？」

我伸手揉了一下小貓柔軟的毛，小貓比我們第一天見牠的時候又長大了一些，那隻受傷的小爪早已經在他的照料下痊癒了。

離夏天的初見已是第一百三十四天。
心上彷彿有本厚重的日記本，那些值得紀念的事都被牢牢刻畫在那裡。
秋天走得很快，忽爾今冬，梧桐葉落盡一地。時間過得很慢也過得很快，總要等到很久以後才能夠發現，這些忽快忽慢的時光會伏湧在往後漫長的未來裡，久久不滅。每當回想起來，都捨不得把故事看完。

「阿喵阿喵，你知不知道……」我把牠整隻抱了起來，望著牠靈動的眼睛，聲音卻輕得像紙：「我好想見他啊……」
顯然牠也聽不懂，只好對我撒嬌地「喵」了一聲。

「在說什麼呢——」
身後突如其來的聲音讓我的身體為之一震，下意識地雙手一緊不小心按到了小貓的尾巴，牠暴怒地從我的懷裡掙開逃脫出來。
是他的聲音。
我僵在原地，像是在桌底下作弊被老師當場逮住一樣，我連轉過身來的力氣也沒有。

他該不會聽到了吧?!

他溫婉地把逃到他腳邊的小貓抱了起來，朝我的身邊走來。

「我帶了點東西給牠。」

他手中是一個大的膠盒，還有一些用具和食物。

沒等到我的回應，他蹲了下來，把用具安置在小洞的角落，上面用紙板建成了一個小小的窩，還給牠放了一些罐頭和貓糧，以及裝水的容器。

「這樣就不怕下雨的時候牠會淋到了。」

他轉過頭對著我說，眼角是藏不住的溫柔和笑意。

「我……還以為你不來了呢。」

我小聲地說，眼睛趕緊垂了下來看著小貓正享用牠的大餐，不敢抬頭看他。

「啊，剛剛在路上想說給牠買點東西，就來晚了。」

他仔細地盯著小貓愉快地用餐，眼睛一眨不眨，聲音無比和緩。他怕打擾到小貓吃飯，所以只悄悄地伸出了一根手指戳戳小貓頭上的短毛。

「萬一有一天牠的主人回來找牠，也要看到牠好好的啊。」

他的眼睛裡有萬千星辰，像是亙古不滅的洪荒宇宙。

甚至有那麼一刻，當我望進他的眼睛時，我能想像到這個世界上全部的美好，都透在他那明澈的雙眸裡。

6

往後的日子裡，每當想起高二，浮現的第一個關鍵字不是學校，不是同學，不是那些永遠寫不完的作業，抑或是操場上揮灑過的汗水。而是比那些熱血的、青春的、狂妄的更加平凡的日常，河堤邊的小路，兩百七十三步的距離。

記得那是高三前夕。

暑假的時候丟失了所有的規律，自然也失去了六點半之約，偶爾找些藉口在被書本和試卷堆埋的日子裡逃出去，跑去河堤邊想要見他。可是一整個暑假，我們都沒有一次能夠在時間上重疊，拉扯著彼此那條如絲般薄弱的牽線，在後知後覺的時間裡才斷開來，再也找不回當初的貫串。

只能日日在窗前盼著新學期的到來。

然而，事情往往不像想像中那樣展開，父母替我報名了全科的補習班，從高三開始的每個晚上，再無燈黃小路的遇見，取而代之的是與朝夕相對的同學們邱翊然、若安、少槿、銘希一起下課、一起補習。晚上回家時已經是十點了，再也不需要繞遠路去河堤邊，也再也不用故意站在那個路口等那個人經過。

曾經我以為，人生是一場美夢與熱望。從此我的高三，沒了美夢，也沒了熱望。

來不及說的再見，如鯁在喉，像是一條鮮明的刺，深刻地扎進皮膚裡。你只能知道它在那裡，無論拔出與否都使人疼痛。

他轉身望著我的眼神，眼角笑起來的皺摺，凝視著貓咪的目光，如朗月星河，還有習慣用右手比再見的手勢。那天他跟我說的「明天見」，利索地騎著腳踏車飛快離去的背影，是他最後留在我腦海裡的樣子。

也許最美好的時光連一粒零星的沙都容不下吧。所有的遺憾都在餘生裡被顯微鏡放大檢視，我們訴說著從前的時候，總是帶著一種感嘆變遷的語氣，想著要是當時那樣就好了。只是後來誰都不知道，假設的一切結果，基於那些沒有實現的想像中的故事，就能夠永遠美好。

終於，把所有美好釀成了淚花。在那之後的夜晚，無數次在棉被裡勾勒出他的側臉，用眼淚把所有的幻想和盼望封印在沒有他的日子裡。

從習慣有他到習慣沒有他的日子裡。

7

「吶，高考完，我們幾個去放煙火好不好？」

「好欸！原班人馬！」

「好呀，反正我沒事做。」

「噢耶！去吧去吧！」

「好啊！」

高三的我們許著願，無論走到哪裡，都別忘了最初的自己。我們都在無聲無息中悄悄地走向更遠的未來，堆砌著那些承載著努力和汗水的歲月。

考完最後一門考試的午後，把那些寫得密密麻麻的考卷試題痛快地丟到了家裡的一角，換上了衣服就衝了出門和他們會合，帶上前所未有的喜悅重回到河堤邊。

那是事隔一年後的老地方。

曾經對於這個地方的眷戀填滿了整個心臟，而後把那些念想濃縮成一粒沙子擱在心上最不顯眼的位置，從此對它不屑一顧。偶爾觸碰到的時候，就當作是在讀一本沒有名字的故事，闔上書本的時候甚至不敢呼喚那段時光叫做，喜歡。

這裡一點都沒有變。

突然有種重回舊地的感覺，長長的碎石小路，兩百七十三步，初夏時滿街的梧桐綠蔭，頭頂上的晴空萬里。

在不知不覺之間離翊然他們幾個而去，冉冉地徘徊到阿喵「住」的小洞那裡。總是想說，我只是不小心經過那裡順便看看，但在心裡面很深的地方，只有我自己，或許一切都是自己給自己的一個如果。看一眼吧，或許還在，或許並不，有些事情都會有答案的啊。

「喵——」

我聽見貓的聲音，忐忑的心情轉瞬放晴，是阿喵啊！比起一年前的牠，圓潤和活潑了許多。

我走近看看，牠的「家」沒有動過依舊杵在那裡，反而多了好多新的用具還有些食物，不像是日久失修的地方，一看就知道有人在悉心地照料著。

忍不住衝上前將牠一把抱住，不確定牠是不是還記得我，但還是好開心，當那些從前讓你視之如命的東西從未消失，反而被人好好保存，就能夠重拾舊日的所有的美好，儘管已經離那些東西好遠。

其實已經夠了，那些隱忍的夜裡想像過的情景，他會不會也覺得難過呢？會不會找過我呢？會不會也曾視那段時光為珍寶？會不會也跟我一樣想要個答案？所有我向時間投出的疑問，都成為擲地有聲的美詩，即使沒了所謂黑或白的結果也都沒關係，其實已經夠了。

直到——

「好久不見哪。」

身後是那個夏天裡，燃亮整片星河的少年。

8

我望著他，非常仔細地注視著他，雙眼一眨不眨，認真地端詳著，沒有吭聲。我怕再不好好看著他的臉，有一天就會忘記他所有的神情。

他低頭蹲下，從袋子裡取出新的罐頭，又把阿喵吃完的罐頭收進袋子裡面，他沒有發現我在看他，他總是沒有發現，總是不曾回頭看我。

「終於考完啦！」

他一邊揉揉阿喵的頭毛，一邊冷不防的說。

「啊，對呀。」

我些許緊張地接上了他的話。

他低頭的側顏跟一年前的他毫無差別，舉手投足的神情與初見時一模一樣，甚至連瀏海的長度，眼角彎起來的弧度，笑容的深淺，都跟那年夏天遽然伸手拉住我手臂的少年如出一轍，還有……還有心頭上激切的跳動聲。

「跟朋友來放煙火啊？」

他指了指不遠處那裡的幾個朋友。

「嗯，對呀。」

我仍然明目張膽地望向他，無聲地走近他一步，他轉個頭來看我，眼中似乎有什麼一閃而過，然後是腦海中那抹不變的笑容，接著把貓咪遞到我的手上，「給。」

「謝謝。」

我接過阿喵，眼睛卻依然不曾從他身上移開。我想要好好地看他，把他身上的每個細節都映進腦中，他真的一如既往地高大帥氣，聲音透澈，跟從前一點差別都沒有。

「後來牠都吃得很好，也不再受傷了。」

「嗯。」

然後他拿出錢包，從中掏出一張阿喵的照片。

與此同時，有什麼東西從他的錢包裡掉落到地上，是一張被摺成小正方形的紙，上面充滿一些皺摺痕跡，一看就是歲月流淌過的印記。

我蹲下來替他拾起。

他珍重地接過，往紙上呼了幾口氣，吹掉沾在紙上的一點灰塵。

「看起來是很重要的東西。」我笑了笑，不經意地問。

「嗯嗯，」他輕柔地回應，眼神裡滿是溫柔不盡的辰星，「是我喜歡的人寫給我的信。」

那是我沒見過的他。

那竟是我從來沒有見過的他。

以前知道他喜歡動物的時候曾經透露出溫柔的眼神，與此時此刻的他壓根不能相比，那眼眶裡徜徉著的笑意，是我沒見過的流光雍容。

他說喜歡的人，柔情的聲音穿透我的心臟。

他又把它拆回一模一樣的形狀，放回錢包裡最顯眼的位置，看得出他真的很珍惜這一封信，連觸碰到它的任何動作都變得輕柔。

這時我收回我的目光，悄悄地把貓咪放回牠的「家」裡。

「你看，牠還是記得你的。」

「對、對啊。」

他蹲下來把牠的窩整理乾淨，然後轉過來跟我說：「玩得開心點。我先走啦！」

我微微點頭，朝他揮揮手。

「再見。」

他不再比那個意味著再見的手勢，而是用他輕柔又清澈的聲音跟我說著他以前不說的話。

「再見。」我說。

阿帆的身影像是每次分別的時候那樣，慢慢地縮小，繼而消失不見。

只是這次，他離去的那條路不是這條在河堤邊兩百七十三步可以走完的碎片小路，而是在我心上這條時光的長廊，走得暗無聲息。

原來啊。

這就是故事的結局。

9

邱翊然、少槿、若安、銘希他們都已經把行裝堆在一邊，各自拿起了煙火在揮動。

這時，翊然注意到我自己一人默默地走回來，便歡快地向我走來。

「妳去哪了啊？」

「沒去哪。」

我怔然地搖搖頭，卻怎麼也雀躍不起來。

他往我的手中塞了一支煙火棒，用打火機把它燃了起來。

「怎麼了？不開心呀？」

翊然是班上的開心果，從我高一認識他的那一刻起，從未見過他沮喪的樣子。

「嗯。」

我望著手中的煙火棒迅猛地燃燒，一陣閃亮的火花從我眼前如燦燦星斗似的閃耀，然後很快地燒到了最後，火光就消耗殆盡。

他又給我點亮了一支。

「這個世界上有一個這樣的人，他長得好看而且各方面都優秀，高大帥氣，偶爾喜歡打籃球，然後他騎腳踏車回家的那個樣子像極了小說男主角特有的神情。他喜歡動物，看見受傷的小貓也不嫌棄，還幫小貓建了一個家，一照顧就照顧了一年多的時間，他還說等有一天貓的主人回來找牠的時候，要完完整整地把牠交給牠的主人。你說吧，一個這麼好的人，這麼好的人，要有多幸運才能成為他眼中的耀眼星辰？」

你說世界上那麼多顆星星，我唯獨看見那顆如他耀眼的星辰，是萬千星宿中的神搖目奪。

那個時候我就在想，他話裡頭的那個女孩有多幸運，才能住進他的眼中、心中，才能成為他眼中的那片星河。他的眼中有不落的星星，但那卻從來就不可能是我的樣子。

說著說著，眼睛似乎蒙上一陣模糊的水氣。

「其實妳也是啊。」

邱翊然轉過來看著我，隔了好一會兒突然冒出一句話。

「嗯？是什麼？」

這個時候，他抬頭看著我，我忽然看不清他的臉容，依稀之中他朝我笑了，笑容跟以往那些沒心沒肺的笑容有所不同。我望不盡他眼底的絢爛，只見他低頭又幫我點了一支煙火棒。

那年我們要畢業了，煙火是一段旅程結束的紀念，恍若拿自身來作為這段一閃而逝的時光的比喻。初夏的夜晚裡，樹影被熱風拂動，煙火燃燒的聲音重重回盪，為我們盛開的青春告別。從這裡開始裁剪出來，與他的聲音堆疊在一起——

「妳也可以是別人眼中的耀眼星辰。」

——將此獻給16號・記念那些暗藏的深情

你是年年日日的錯付

「曾經你是我世界的全部，原來只是我青春的錯付。」

0

有些人注定是生命中的過客，而不是歸人。

1

我總能在人群中一眼就看見你。

彷彿是在你的身上裝了準確的追蹤器，或者是受到那來自我看不見的神秘地帶，上帝在無形中所下的指引，使得我總能在人潮擁擠時一眼找到你。

不論是早上集會的時候、午休吃飯的時候、下課大家蜂湧離開學校的時候、校運會的時候、回到學校遠遠看你和哥兒們走在一塊的時候、課後小休時大家在操場熱鬧嘻笑的時候、大家圍在成績欄前你一言我一語的時候。只要有你在的地方，或近或遠，你就像是走到我的眼前。

視線從未殞落，所有的歡喜都顯影成形，在緲緲深遠望著你時，你身後所有無關的人都像電影後期被模糊掉的影像，聲啞失色。徒留你的臉容、你的身影、你的舉動，在我的眼底下漸漸清晰起來，晃動成一個宇宙。

陽光恰恰灑在你的身上，把你的一邊側臉映得亮澤，輪廓深刻而分明。你站在光絨絨的豔陽底下，有那麼一剎那我眼中的你和光融合在一起，甚至穿透了那道煞亮的光，或者說，你是光本身。

「白楠——」

身後是卓以羨的聲音，一下子把我的思緒和目光從他的身上扯出來，我驚慌地回頭，有點心虛似的眨了眨眼睛。

「啊？怎麼了啊？」

脫口而出的話只是為了掩蓋剛才直戳戳地注視著他的尷尬舉動。

「走啊，待會去吃冰淇淋！」

卓以羨對於我怪異的行為不明所以，伸手把我拉進了教室，我還是忍不住回過頭來想再看他一眼。

不遠處，隔壁班的門口，李丞遠像是聽見了卓以羨喊我的名字，跟著轉過頭來看我，幾乎只是在一秒中發生的事，我們對視了。

不偏不倚地，堂堂正正地，兩雙眼睛在空中無聲地觸動在一起。

只是一個片刻，只是一個在巨大虛無的時間裡，誰都不曾在意過的片刻，只是一個細碎得都無法稱得上時光的一個片刻，卻重重地擊中了我心裡某塊柔軟的角落，然後就此被好好地珍藏著，細膩地反覆拿出來翻看。這時的你，這時的自己，這時的我們，遠遠看去，像是一幅美好到虛假的畫作。我靜然望進了你的眼睛，卻看不清你眼底是否有一絲的笑意，還是說，是我心裡無法掩蓋的歡喜太明顯，把這個場景渲染成命運的相遇一般。

什麼啊，明明連一句話都沒有說，明明什麼交集都沒有，自己的心卻如此慌張，躁動的如兵荒馬亂。對方只是一個眼神，我就像是得到了全世界一樣，四海八荒，卻也相思萬里。

喜歡你是從高一開始的事。

在那之後，我和你的故事一直在我的世界裡進行著，而你的故事卻從來沒有我的名字。

我在故事之初是這樣子提及你的——

我的生命裡有一個少年，
他輕易佔據了我青春的時光，卻也要我花畢生去遺忘。

2

在這個有你的故事裡，很多事情你卻都不知道。

我們從來沒有同班過，關於你的消息都是從別人口中知道的。

那個時候，我們兩個人的教室比鄰而居，學校的公共飲水機就在我教室的正對面。坐在窗邊位置的我，總能看見你路過我教室的走廊，和朋友走到飲水機裝水。

高中生活並沒有想像中的有趣，老師總是孜孜不倦地講課，恆久不變的聲調從耳邊一直隨著我的思緒延伸到遙遠的地方。陽光篩篩漏漏地穿透樹葉婆娑地照在地面，雲朵像排得整齊的棉花，空氣中飄浮著沉悶和濕熱的氣息，頭頂有白花花的燈光，時光就在這些試題和課本中如期地流逝。我看著被我塗鴉過的課本，回過神來，卻看見自己在上面無意識寫了你的名字——李丞遠。

儘管是無意之中寫下了自己的秘密，還是忍不住盯著你的名字，緩緩地揚起嘴角。

這些就是我高中全部的生活，最大也是我最喜歡的部分。

是你，滾燙了我年少的時光。

後來我偷偷把你經過我們教室去裝水的時間記了下來，每天上午第二節課下課後以及下午第一節課上課前，這也成了我每天最期待的時候。

透過玻璃窗看見你映入我的眼簾時，我就會叫卓以羨陪同一起去裝水。有時候是走在你的前面，有時候是走在你的後面，即使我的水杯裡還有滿滿的水，我也會趕在那之前把所有的水喝掉，製造一個與你偶遇的機會。

你會和兄弟打打鬧鬧，講著籃球或是打遊戲的事情，我排在你的前面或是後面，就會愣著「偷聽」你們的對話。每每那個時候，我的心就像被一張糖衣緊緊包裹著，啊，這天在日記裡又能記錄多些關於你的事了。

縱使你不會知道，我根本就不愛喝水。

第二節課下課鈴響了，我捧著我的水杯跟卓以羨說：「走吧以羨，陪我去裝水。」

「啊？我的水沒喝完⋯⋯」

她的嘴巴說著不願意，最後還是被我拉了起來。

眼角的餘光出現了他高眺的身影，我趕緊走在他的前面。

後來輪到我的時候，也因為太仔細「聽」著他說話，沒有注意到水就要滿了出來。直到以羨在旁邊叫我一聲，這才反應過來，但水已經溢出，我怕濺到自己，不由自主地往後站了一步，正好撞上站在身後的你。

你伸手抵住了我的後背，能感覺得到你微暖的體溫傳遞到我的身上，就一剎那我竟躲開了，轉過來低頭卻不敢望你的眼睛。

「白楠妳傻啊?!」

以羨翻了我一個大大的白眼，幫我把多餘的水倒掉，蓋好杯子。

我鼓起勇氣跟你說聲對不起，你輕鬆地笑了下，說沒關係。

好難堪啊，這根本不應該是我們第一次說話的場景。

我忿忿地拉著以羨回到教室，心像是被狠狠地揍了一拳，甚至馬上浮現了紫青的淤青。

以羨突然走近我，眼神有點曖昧不清，她細聲地問我：「白楠，妳是不是喜歡李丞遠？」

怎麼說呢，那一刻閃電彷彿當頭劈了下來，也幾乎是下意識地反應，我立馬搖了搖頭，臉上卻是一抹煞白。

「幹嘛不願意承認啊？妳也不差啊！」以羨在一旁壞笑地看著我。

我搖了搖頭，而後又點了點頭。

她說得對，我其實一點都不差，在年級中也算是一個「級花」，大家都會喜歡找我玩，也不是沒有男生喜歡我，甚至在所有的老師和同學眼中屬於優秀的學生。只是為什麼呢？為什麼喜歡一個人，是一件不能被別人發現的事？為什麼我們總是為喜歡一個人而覺得丟臉，甚或是急著想要與自己的喜歡撇清關係？

我想，更多的時候不是丟臉，而是覺得自卑吧。

後來我才明白，原來喜歡一個人的第一個反應，不是勇敢，而是自卑。

所以我只能默默地充當著暗戀你的角色。

想見你的時候就故意找事情經過你的教室；午休的時候又特地早早吃完飯，站在扶欄那裡從高處看你在操場打球；偶爾從別人口中得知你吃飯常去的地方，就硬著頭皮拉以羨一同前去；還有很多很多這樣藏在縫隙裡的細枝末節，難以言喻，無以名狀。

其實你不知道吧，我所有的費盡心思，都不過是想借你一眼。

3

還記得嗎，那一首歌。

學校社團週的時候，有一個攤位舉辦點歌活動，擺上了一個大型紙板，寫著「點播站」，所有同學紛紛拿著便利貼寫下自己想聽的歌貼在紙板上。

我站在紙板面前，想了好久，卻只想到了你。

佇立了一會兒，在便條紙上寫下了那首歌，正準備要貼上去的時候，眼角瞥見了你。

我靜靜地看著你，你彷彿感受到有人注視你的目光，正在寫便條紙的手停住了，便倏地抬起頭來看我。這一次我沒有閃躲開你的眼神，反而舉眸迎上你，你終於望進了我的雙眼，又看見我在紙條上寫的歌名。

於是，你一點一點地笑起來，眼睛彎成了一座橋，張揚自信的神情帥氣極了。

你對我說：「我們寫同一首歌欸！」

那首歌是這樣唱的——

我寧願所有痛苦都留在心裡

也不願忘記你的眼睛

給我再去相信的勇氣
越過謊言去擁抱你
每當我找不到存在的意義
每當我迷失在黑夜裡
夜空中最亮的星
請照亮我前行

（逃跑計劃——夜空中最亮的星）

那一天下午休息的時候，校園裡真的播了這首歌。你如常地走出教室，我如常地等待著你來，我們在走廊裡相遇，這一次你停了下來，我們心照不宣地一起止住了腳步，你聽著音樂稍稍地走神。我明目張膽地看你，忽然覺得你近得毫不真實，我竟從未如此靠近過你，我知道你從來就沒有別的意思，但我還是止不住紅了臉。

海闊山川都靜然溫柔，唯有我心底對你密雲暗湧，曠野雨落卻也沒有盡頭。

在那短短的四分鐘裡，我第一次和你並肩，從此這首歌就有了特別的意義，而後每一次我們一起聽這首歌的時候，我都能想起當時的你，喜不自勝。

後來我沒對你說，我夜空中最亮的星，是你啊。

4

高三那年，所有人身上的重擔越來越沉重，包括你也包括我，學校不再充滿青春洋溢的氣息，取而代之的是死寂的安靜以及埋頭苦讀的同學。我們臉上不再充塞著歡快而純淨的笑容，明天神秘而巨大，我們只能在龐大黑壓的陰影下苟延殘息。

你儘管收斂了一些意氣風發，看上去依然英俊挺拔。

我對你的喜歡並沒有因為這樣高壓的學習而減少，反而因為繁重的課業而逐漸增加，也許就是在一個大家都艱苦的環境，每個人都需要支柱和信仰。可能是某些目標，可能是某些遙遙無期的夢想，亦可能只是某一些人的存在本身，就足夠支撐度過那段沒有出口的時光。

還是很喜歡你，像那暗夜裡大雨落不停，也像消失在陽光下的雨跡，無聲無息，情不知所以。

某次模擬考，我沒有考好，拿著成績單站在教室門口也不願意回家，不知道怎麼跟家人交代，那時天色已經漸漸地暗下，學校裡的人走得七七八八，空蕩蕩的教學樓恍如一座空城，少了人煙的氣息，整個學校冷颼颼得失去顏色。

那時，你驀然出現在走廊的盡頭，身後有著教學樓亮起的微弱燈光，緩緩朝我走來，整顆心擱淺在最入骨的角落。
沒由來地我哭了，濕氣模糊了我的雙眼，也模糊了你走近的身影。
你輕聲喊了我的名字，我沒有回應你，你又再呼喚了一次。
我抬起頭而眼淚卻掉得更兇了，你有點驚慌失措，舉手投足想盡一切的辦法嘗試著安撫我。我說我考試考砸了，不敢回家。
「沒事，那我就陪你再待一會兒吧，待到你想回家為止。」
你一臉不在乎地說，眼神爛漫陸離。
我眼瞳裡有明晃晃的光芒，終於咧嘴揚起了喜悅。
「你考得還好嗎？」
我轉頭看你，你放下書包，陪我靠在窗戶邊，無所謂地說：「還行。」
「哦。」
「要不下次一起念書啊。」
「我、我成績也不是很好，拖累你怎麼辦……」
「別怕，我在呢。」
你的輪廓在陰暗的白光下明明滅滅，卻被勾勒出更深邃的臉容，我抬頭凝視著這個比我高出很多的少年，沒有任何朝夕比此刻更讓我動容。
這個畫面，在往後的餘生裡，反反覆覆地出現在我的日記之中，所有的詩詞字句都因你而落筆溫柔，如同藏污納垢裡也能盛開出一片春天。

是你接住了，搖搖欲墜的我。

在天色越發深沉之時，所有燈光都為我們燃起，就這樣安靜地待著，沉默了好一陣子，突然沒由來地，我有了說出口的衝動。

「欸李丞遠——」

「嗯？」

我屏住了呼吸，所有事物都在此刻靜止不動，血液和心臟都因此凝滯，感覺快要窒息，這麼多久久不落的時光，這麼多無以言噎的心事，所有被我深埋在泥土底層的秘密，在這一刻都一一明晰地晃動在我眼前，宛如千軍萬馬亂我心田。

我聽見自己的聲音在無比靜謐的環境下突兀地響起——

「我喜歡你。」

5

我可能真的瘋了吧，真、的、瘋、了！

我想像過無數個自己表白的情節，編寫過無數個和你的故事發展，也細心安排過所有跟你有關的交集，卻從未想過在臉上還帶著淚花，一點都不唯美的情景下，和你告白。

說完之後，我馬上意識到自己的失態，二話不說就提起書包，倉皇地落荒而逃，一刻不停地前進，絲毫沒有停下來的意思，彷彿早就知道了這一切的結局，彷彿我就是這篇故事的主導，而我只是不忍看見一些東西的碎裂。

身後沒有追來的腳步聲，卻清清楚楚地傳來他清透的聲音：

「白楠——」

我沒有回頭，還是那樣的自卑，還是那麼的懦弱啊，甚至也不敢聽見任何答案，任何聲音對我來說都如此殘忍。

「那就在一起吧。」你說。

我停住了，僵硬在原地動彈不得，有一刻我沒聽明白你說的意思。

你這才慢慢走來，一邊懶洋洋地說：「跑什麼跑呢，我不是說在一起嗎？」

我企圖在他的眼睛裡找答案，卻發現我早已逃不過他的任何眼神。

從高一到現在，延遲了兩年半，屬於我的愛情，終於開始了。

感謝你讓我走進你的眼裡，讓我知道從此星河不再遙不可及。

6

人們都說悲傷的事情才能長久地逗留在生命裡，美好的事情卻不能。因為相較起來，不幸從來都十分具體，而幸福則是非常模糊且失真的，像是那些圖片被加工後無限虛化的背景，總是難以找個真實的輪廓，總是虛緲如幻象，於是我們才要不斷地去確認，確認這些美好是真切地發生過。所以我總是喜歡問你，想要跟你確認，我們在一起這件事；也總是喜歡問你，是不是喜歡我。

和你在一起的所有日子都如此耀眼，耀眼得毫不確鑿。

每天依然還是會因為你去裝水，只是站在你身邊的人不再是兄弟，而是我。我不再是排在你的前面或後面，而是能和你並肩，抬頭看你俊朗的神情，你接過我的水杯，冬天的時候還會細心地幫我往裡頭加點熱水。

後來的每天，你會提早一點點出門，幫我買早餐。我也會提早一點點出門，名正言順地站在你的教室門外等你。總是能夠接受別人看著我們倆時曖昧不清的眼神，然後看你從遠處走來，那清澈的眼眸中滿滿是我的身影。一見到你，心臟就像是一張白紙浸在水裡，溫柔一點一點地從心底漫開出來，充斥著心房每個角落。

那時的我們，在你不用和朋友打球的禮拜四和禮拜五，兩人會一起走路回家。你推著腳踏車，一米八的身高跨出一步就已經是我的好幾步，但你總是緩下腳步等我跟上你。那時我想，從來都是望著你的背影，如今卻能輕輕嗅到你衣服上傳來柔軟精的清新味道，還有看著你兩邊的鬢角長度，右邊臉上有顆小小的淚痣，還有還有你修長且骨節分明的手指，以及你永遠溫暖的體溫。

我們學校管得很嚴格，校園戀愛什麼的都必須得偷偷地藏在鼓裡，不能被老師發現。有時我們找不到地方去的時候，就圍著學校的操場散步，金燦燦的陽光打在我們身上，有時會被地面反射出白花花的光而刺得瞇起眼，兩手垂在身體的兩側卻也不敢牽起對方，也捨不得把時光走得太匆忙。

你學業成績比我稍稍好一些，模擬考的那些時間裡，我們會一起去圖書館念書，我習慣提早去那裡幫你佔好位置。你會講解令我一頭霧水的數學題，一邊聽你的聲音，一邊在紙上計算，偶爾出神的時候，你溫柔地拍一下我的後腦勺，待我抓回飄遠的思緒時，看見無意之中寫下你的名字，趕緊慌張地遮住，奈何這些小動作總是逃不過你犀利的眼睛。你搶過來認真地看，然後笑容漸漸地在臉上展開來。

那個被警衛封起來的天台，我們總是喜歡偷偷地跨過欄桿爬進去。有時候就安靜地坐在那裡，你帶了你的耳機，我們一人聽一邊，聽得最多的就是那首屬於我們的歌。有一次，我們蹺掉了晚自習，又來到了這個天台，那天的夜空異常地明亮，爛漫的星辰踏著遙月而來，有風輕輕拂過你秀氣的臉龐，你忽然寸寸靠近，親吻了我。

你看，果然我的世界裡所有的美好，都與你有關。

高三的那年，明明是最難熬和幽暗的時候，你卻賦予了我的青春「幸福」兩字，後來我想，當時的我們，算是不負韶華了吧。

「我們真的在一起了嗎？」

「對啊。」

「你喜歡我嗎？」

「當然啊。」

7

我們總談論著未來，耽誤著現在，遺忘著過去。

我們都以為自己能夠掌握時間的刻度，就像是我們誤以為自己能緊抓住逝去的東西。然而時間向來精準而殘忍，從不會等待我們有所準備的時候才領我們走進更遠、更陌生的未來。

未來比我們想像中來得更快、更急，更令人措手不及。很快就迎來了高考。

我對未來沒有太大的幻想，唯一想的是將來能不能再像以前一樣每天都賴在你身邊，畢竟世界如此寬闊，輕易就能淹沒一個我。

你說，別怕呀，這有什麼好怕的。

我問，你喜歡我嗎。

你說，那還用說嗎。

最後成績出來那天，沒有給你打通電話，自己默默地躲在被子裡哭了一宿。

我考砸了，你考得還行，能上不錯的大學，而我能選的學校沒幾間，只能留在原本的城市裡念一所不知名的小學校。

你說，你會常常回來看我。

我發了一頓很大的脾氣，在你面前又哭又鬧像個討玩具的小孩蠻不講理，我死死地拽著你的衣服，眼淚潸潸洗面。許多的話想對你說，想要喊一句你不要走，想要你為了我留下來，然而所有的話全堵在喉嚨，我像是失去聲音的啞巴，一個字都說不出來。

我終於慢慢地鬆開你的衣服，你嘆了嘆氣，揉揉我的頭髮。

那天我作夢夢見了你，我看見你的身影如同電影的片段飛快地轉動著，從我的面前漸行漸遠，一刻不停地朝著未來前進。而我被鎖在原地，你連再見都沒有和我說，決絕地帶走了我生命的一部分，就此離去。從此山南海北，再無你。

你走的那天，抱著一隻很大很大的熊玩偶來找我。我拼命地跟自己說，別哭著送你走，看見你的時候卻還是忍不住。

你把大熊遞到我的面前，我一聲不吭地接住。

你淡淡地笑了，說：「想我的時候就把大熊當作我吧。」

我抱著大熊，把頭靠近柔軟的玩偶，眼眶終於掛不住浮漾的淚珠，汨汨而下，那句想你為我留下來的話，始終沒能說給你聽。

「好啦，別哭啦！」

「嗯。」

「到了再打給妳。」

「嗯。」

搬去大學宿舍的那天，無視著家人的鄙視，我硬要把大熊搬到宿舍。我和卓以羨說，我要把它放在我床上最顯眼的位置，每天都要看見它。她總對我翻白眼，靜靜地看我每天對著大熊做些弱智的行為舉動，有時候看著看著她也會跟著笑起來。她說，當我提到李丞遠的時候，眼神裡總有光芒。

後來才明白，在戀愛裡面，難過的事情比快樂的事情要來得多很多。但為什麼那麼多人還是奮不顧身地去愛呢，哪怕自己飛蛾撲火也義無反顧？因為我們可以為了那一點點甜，而忍受所有世間的苦。也可以為了自己的念想，而不辭萬里。

所以說，我從來都不喜歡煙花，在稍縱即逝的絢爛之後，星星點點的花火漸漸地被夜空埋沒得毫無痕跡，像是從來沒有發生過那樣，找不到它曾經如花綻放的證據。

像是我們，被時間消磨得不成樣子。

剛上大學的我們，起初每天都會打電話，後來你因為系上的活動，課業變得越來越忙碌，但也時常會發給我一些你生活的照片。你說等到我們倆都放假的時候，接我到你的學校，可以去感受那些你生活的痕跡。

幾個月後，你找了一份學校附近的打工，每天有幾個小時要工作，你說要趕緊賺夠了車票錢才能快一點回來見我。心疼你的勞累，也不敢多打擾你的生活。看著你學業繁重的同時也努力過生活，每天只敢在睡前打電話給你，就算沒有見到面，從話筒傳來你幾句聲音，就足以清除掉我一天所有的委屈和難過。

沒那麼忙的時候，我總是守在手機旁，一看到新的訊息，整個世界就像是被點亮了一樣，迫不及待地打開手機仔細查看。有時候是一張你吃飯的照片，有時是「下班了」幾個字，有時可能就只是一個表情符號，但神奇地，你的訊息有種安撫的功能，總能一下子吸引我所有的目光，讓我專注在你身上。

偶爾也會一整天沒了你的消息，那時我只能反反覆覆地翻看你以前傳來的訊息，以及我們在高中裡所有被我鑲起來閃閃發亮的回憶。知道你的生活那麼忙碌，我該懂事地諒解你，總不能做一個耽誤你的人。既然無法朝夕陪伴在你左右，那麼，我就該心甘情願地做個支持你的角色。

畢竟，我這麼喜歡你，這些都不是什麼問題。

後來我也忘了，從什麼時候開始，每天打電話的我們，變成隔天打電話；曾經無話不說的我們，漸漸地話題越來越少。你說你工作有點累了，想要早點休息，我彷彿也失去了任何佔據你時間的藉口，只能眼睜睜地目送你走上十字路的分岔口。

我們開始過著截然不同的生活，相異的圈子，四分五裂，各自奔波，各奔天涯。你有你的聲色犬馬，我有我的流嵐落花。你的生活、你的生命，我再也難以觸手可及，所有失望和失去我全都無能為力，現下只能一人站在回憶的長廊，與曾經歡快的兩人顯得格格不入。

果然有些事情，永遠沒辦法像從前一樣，對吧？

即使這樣，我也仍然願意每天守著電話只為了等你傳來一句晚安，才肯安然地睡去。即使這樣，我也願意把所有的未來設計成有你的模樣，讓你擁有我大半的人生。即使這樣，我也依然想要用力地抓住你，像是以往我在你身後守住你的背影那兩年半的時光一樣，守住屬於我的愛情。

還記得高中有一次，我提及未來的想望。我說我想要辦一場西式婚禮，是在草地上舉辦的自助餐婚宴；我說我能想像到你穿著西裝挺拔英俊的樣子，想要在大學畢業之時就能夠結婚。你不置可否地點了頭，我卻誤以為那是說好的意思。

有些美好，回憶起來的時候，像是夢中的路人，總是旁觀著這一切，像一個旁白在敘說著別人的故事。說書的人還在，聽書的卻已人走茶涼。

日子照舊，過於泛白，只是再也執不起流年。

我仍然樂此不疲地詢問著你我當初愛問的問題。

——你喜歡我嗎？

——幹嘛又問啊。

——你喜歡我嗎？

——妳別這樣。

——你喜歡我嗎？

——……。

在所有的答案裡面，你從來就沒有斬釘截鐵毫不猶豫地回答，這麼想的話，我還真發現你從來都沒有準確地說過一句我喜歡你，卻留給我一大筐空歡喜。

我們的關係，幾乎從一開始就有了定局。因為我喜歡你，因為我足夠在乎你，所以我捨不得離開你。那些沒你的日子裡，我過得並不快樂。但是沒關係，因為我喜歡你，我願意為了你不快樂。也因為這樣的喜歡太過於卑微，從一開始我們之間的天秤就從來沒有對等過，這份愛一直都向你傾斜，給你的愛太滿，後來再多的付出也都無補於事。

其實許多事情，大概心裡都會有個底吧。那些答案、那些回聲，早已經在那個很深的地方徘徊和迴響了。我比誰都要清楚，你根本就沒那麼喜歡我。

然而，我卻像是一個懸在獨木橋的旅人，前進和歸去都只能萬劫不復，走失了靈魂。

9

跟過去的所有日子一樣，喜歡你已經內化成生命的一部分，我只能尋著身體僅存的記憶，習慣性地等候你，習慣性地在乎你，習慣性地為你難過。我開始分不清楚，是因為太過在意而妥協，還是開始不那麼在意了所以妥協。

大一期中的時候，我生了一次很嚴重的病。

發燒到四十度，腦袋幾乎沒有任何能夠思考和運作的能力，身體沒有一絲力氣，連意識都是飄忽緲淡的。身體滾燙得可以在上面煎蛋，我卻感到無比的幽冷，整個人縮成一團，所有的棉被和大衣都沒有起任何保暖的作用。我如同是在冰堆裡的火球，瞳昏目盲地被困在冰天野地，渾身上下都在絞痛著，失去生命的氣息。

以羨的大學離我的城市比較近，她想都沒想就訂了車票來到我的宿舍照顧瀕臨死亡邊緣的我。

那時我傳了一條訊息給你，說我發了高燒。

過了許久，以羨替我買好藥和粥，安頓好一切之後又坐車回去了。

我看著那個沒有一絲動靜的手機，忽然一陣鼻酸，忍著身體的疼痛，把食物往嘴裡硬塞，而後默默地清理掉宿舍的垃圾，洗一個熱水澡，躦回被窩裡，準備安靜地睡去。

睡前打開了手機，望著那個和你的對話框，霍然傳來了你的訊息，我眼前一亮，好不容易煞白的臉上有了一點笑容。

你說，多喝熱水，早點休息。

簡短的八個字，我卻看得淚流滿臉，水氣輕易就渙散了我的雙眼。

我點開了你的主頁，想要記起你曾經在我生命中那意氣風發的模樣，卻看見你發了一張和朋友在打遊戲的照片。

那一瞬間，我一直走得驚險的獨木橋在無聲之中猝然坍塌，我防不勝防地掉進無底的深淵，抓不住在對岸冷眼旁觀的你。

我知道的，其實我在你心裡並沒那麼重要。

我翻開了電話，打給以羨的時候，就開始崩潰地哭了起來。

她跟我說：「其實，他若真的在乎妳又怎麼會一點點時間都擠不出來。他要是在乎妳，就會馬上坐車來找妳；他要是在乎妳，就會放下所有手邊的事打電話給妳；他要是在乎妳，就不會讓妳一個人承受黑暗。白楠，妳別再犯傻了。」

我們的愛情正在以我肉眼能看得見的速度飛快地墜落，我只能眼見它在我面前碎得分崩離析，我還能聽得見它粉碎時發出清脆而決然的聲音。我只能沿著斷牆殘垣的路去找，那些失去的證據裂了滿地，我心疼地把碎片捧起護在心口。

你不知道，這些你不要的碎片是我擁有的全部。

那天晚上，我抱著手機，歌聽著聽著就哭了，眼淚像是故障的水龍頭難以停歇，淚水沿著臉龐一直滑落，經過耳垂，最終浸入枕頭，淡出了一片水花。

耳邊有歌聲唱著這樣的話：

得不到的永遠在騷動，被偏愛的都有恃無恐。

半夜迷迷糊糊地醒了過來，看見手機屏幕亮了一下，二話不說眼神裡充滿著期盼，轉眼看清了訊息以後，那一點亮終於從我的眼眸裡一點一點黯淡下去。

真傻，白楠你真他媽像個傻子一樣。

我彷彿能看見那一顆流星在我面前狠狠殞落，原來從來都沒有絢爛的星河，只有稍縱即逝的晨露，被日復一日的太陽消失殆盡。

我終於也不再問你是不是喜歡我了。我想我們每個人都是這樣，身體是有記憶性的，愛寫信的人從未得到回音，也會漸漸放下那支揮落溫柔的筆。

我看著我們之間漸漸地變得稀薄，兩人再也不說話了。我彷彿能預見有一天看著你消失在我的世界裡，那麼惶恐，那麼手足無措，像是失去彈性的橡皮筋，在年月的拉扯下，漸漸地從緊繃到鬆軟，終於沒有驚喜地斷裂開來。漸行漸遠，然後消失，像水滴進大海裡那樣。

你已經不是那個會為我傻笑的男孩了。

我終究還是忍不住，心底的難受沒有盡頭，我把我所有的心事都全盤向你訴說，我說你根本就不喜歡我，一點也不在乎我，而我卻愛你愛得要死要活。

我想當時的我，在你的眼中肯定是不堪且卑微，甚至讓你都不屑一顧吧。你在我的面前總是趾高氣揚、游刃有餘，我卻只能在四下無人的夜晚歇斯底里，潰不成軍。

你聽完我說的話，很久很久都沒有任何回聲。

我在駭人又疏冷的沉默裡節節敗退，像是個等待宣判的囚犯。

最終，你說，我對不起妳，妳就別再把時間浪費在我身上。

就這麼一句話，把我喜歡你以來的四年時光全都判了死刑，就像是我那次夢見你一樣，割取了我生命的一部分，把它們和你自己帶進更遙遠的未來裡。
有一些東西終究不能像花開花敗那樣，隨著柳葉而復甦。
我被你遺留在很久遠的從前，不復重生。

有時我會想，或許是我太喜歡你了。
正因為太喜歡你，匯成河流的淚湧也無法抵銷掉全部的喜歡。
所以才會，才會一次又一次地向你妥協。

11

我還停留在那裡。
像是手中用力抓住一大把沙子，然後看著它們一點一點地從指縫篩漏流走，也像是執著於那映在湖面上的月亮，伸手撈不到那些美好。

你讓我怎麼辦。
未來你不肯再和我一同抵達了，過去我卻也無法自己折返。

我掉落在時間縫隙，往前走或往回走都是不同意義上的失去，結局是沒有你。

有時我會想，過了那麼久以後，割捨不下的根本不是他，而是那段時光。或是說是那段時光裡的自己。

後來很長的一段時間裡，我不敢回我們的高中，不敢去那些我們以前常去的地方，不敢聽那首代表我們的歌曲，甚至也不敢直視任何一個跟過去有關的自己。在我青春時的每一個模樣都充斥著關於你的氣息，我恨不得把自己也割捨去。

終究，我還是忍不住窺探你的生活。我依然無法像你一樣，兩手拍拍毫無留戀地將這段我們的時光刪得一乾二淨。我做不到，做不到祭奠我們殉亡的愛情。我沒辦法放下你，如同電腦機器一般按下按鈕那麼輕而易舉，但你卻若無其事地走向了未來。

我看見你發了一張和女生一起的照片，一看就知道那是你會喜歡的類型，我還是像從前那樣毫無保留地了解你，勝過你自己。

那張照片裡有你的爸爸媽媽，我曾經向你提過想要拜訪你的家人，你卻總是溫婉地拒絕我說，時間還沒到。如今你做著當時沒肯對我做的事，我希望你能對我做的，卻都給了那個女孩。

你說我怎麼甘心。

怎麼甘心我的少年不再為我垂顏。

怎麼甘心我的青春只是一場巨大的錯付。

只是無奈，愛而不得卻也痛而不捨。

人們說，永遠不要在你年少的時候太過深愛一個人，在那些最無能為力的年紀裡，想要給予全部的自己，終究都是痴人說夢，荒誕不經。

我唯有將你歸還給漫漫餘生，從此山南海北，再無你。

12

你從來沒有一刻為我停下，我卻永遠為你停留在初見你的那個樣子。

——將此獻給白楠・記念青春裡的遺憾

你的惡與我的錯

//

「終於，我們誰都沒辦法逃離這莫比烏斯環。」

1 ●

那是一條長長的走廊。

從訓導主任辦公室那裡沿著長廊緩緩地走回自己的教室。

大腦像是被強行移除了所有思考的能力，短暫的窒息讓我無法思考，耳邊只迴蕩著訓導主任那毫無感情可言的話：「吳梓喬，校方最後決定以記大過來處分，希望妳能回去深刻地反省自己的錯誤。另外，我們已經通知妳家長來了，妳回教室收拾自己的書包吧。」

瞬間，一陣漲熱的羞恥從身體深處蔓延開來，我像隻沒有靈魂的玩偶，默默地走回教室。

遠處有同學從窗口探出頭來，一下子就看見了我的身影，然後他快速地轉身大聲地向其他同學宣告：「欸欸，她回來了!!!」

議論的聲音漸漸從窸窸窣窣的細小聲量突然被扭開，僅僅是一些小聲的耳語，卻也能讓我震耳欲聾。

「天啊，怎麼有人這麼不要臉？」

「靠！她真的好噁心啊！」

「你說她是不是心理扭曲？以後要跟她一個教室，我們是不是要一直防著這個賊？」

「欸，吳梓賊回來了——」

一聲一聲一句一句，狠狠地敲在耳膜上。

我的臉色又再更發白一些，本來低下來的頭又垂得更低了。我不敢抬頭去看他們，任何一個的目光都足以使我分崩離析。

或許人都心存僥倖，我有一刻真的覺得，這個世界上許多的錯誤都是難以被發現的。

教室的角落裡，甘郁涵在抽泣著，有一些女同學圍在她身旁安慰著她。直到她看到我的出現，她的眼神剎那間從無辜無助轉到我的身上，就在那短暫的一秒裡，我能看出她眼中赤裸裸的訊息——陰悒、泛寒、厭惡。

我只能迅速地避開她的視線，然後急促地走回自己的座位，顫抖的雙手慌亂地把桌上和抽屜的東西使勁塞進自己書包裡。

在這裡再多待上一秒都能讓我缺氧，窘得心臟發疼。

只想落荒而逃。

怎料身後不知是誰猝不及防地撞上了我。

我手中的書本和筆袋散落一地，周遭吵鬧的討論聲歸零，他們的視線死死地黏著在我的身上。

所有人都在看我的笑話。

我不敢回頭看是誰故意撞我，只能狼狽地蹲下來把書本和文具撿起來。

待我重新站起來的時候，身後又有人經過，再撞了我一次。

「喲，吳梓賊，報應好像來得有點快呀。」

然後是一些笑聲，大大小小的，混雜在一起，聽起來，像是壞掉的收音機般，充斥著刺耳的噪音，巨大的陰影正在盤算著如何把我吞噬。

後來我也不斷地問自己，是什麼讓我把一切搞成這樣的。

我緊抿著雙唇，把手上的書本塞進了書包，二話不說地背著書包逃出了教室。

我能怎麼樣？又羞又惱，無地自容。

離開教室前的最後一眼，大家都不約而同地轉頭用充滿惡意的眼神瞪向我。

被門隔斷開來的死寂安靜，阻絕了身後傳來一陣前所未有的涼意。從此，不再有任何轉圜的餘地。

我終於明白，這一刻，我不過是待屠的獵物。

2

一切皆為報應的序幕。

我不知道是不是每個人成長的過程中，都必須經歷過黑暗的洗禮才叫做真正的長大。而後展開的一切，如同命中注定般，我似乎根本沒有立場去反駁。他們說，這是你的報應，你活該，你活該承受這些，若不是你錯在前，沒有人會這樣對你，你活該。你活該。

你他媽活該受罪。

頭頂上日光讓我睜不開眼睛，虛闔著的眼皮只能感受到半個模糊的世界，而另外一半的世界，是豔陽沒有觸及到的荒灘和枯井。

午休時的教室異常安靜，我伏在桌子上，享受著這僅有的朗日。沒有了目光和笑聲的時光，靜得透明。

忽然有一些腳步聲緩緩地靠近。

他們要回來了。

我的身體下意識地縮了縮，卻也還是不敢睜開眼睛。

像一切沒發生過那樣。

「吶，那誰，原來是吳梓賊在啊。」話語裡是滿滿的鄙視和不屑。

「你小聲點，人家還在呢。」

「在就在，誰怕她啊，明明自己作賤啊，還不讓人說是不是？」

聲音漸漸擴大，像頭頂駛得越來越近的飛機，每一下聲響都震動了耳膜。

太陽底下的目光，比黑暗中的目光更顯炙熱，囂張而直勾勾的眼神明目張膽地擱置在我的身上。

然後，然後就在我思索著要怎樣在他們的目光中自如地醒來之際——

一筐的水迎面而來潑淋在我的身上。

我慌忙地站起了身，水就這樣沿著身體的右半邊滲進校服裡，滴得滿地都是。

「哎呀抱歉啊，我的水壺不小心打翻了。」站在離我最近的女同學一臉可憐地看著我，語氣並沒有道歉的意思。我認得，她是甘郁涵的好朋友甄靜。

「啊，妳弄到我的書包上了啦！」

坐在我後面的女同學不滿地瞪了我一下，露出不耐煩的神情。

心臟倏地從高處深深地往下沉。

他們說，你他媽就是活該。

狹窄的廁所格間裡。

我不斷地拿水去拭乾校服上的水跡，右邊的一大塊都已經溼透，白色的校服被水滲入後更顯透薄，淡淡地露出內衣的輪廓。

我漲紅著臉，死勁地用衛生紙企圖吸乾身上的水。

像是有什麼液體迅速地倒流回心臟。

眼睛在發熱。

我的雙手微顫著，卻輕輕地在臉頰上摸到了一把淚。

好久以前曾這樣聽說過，時間的維度是根據一個人的心情而延展的。雖然時間從來都是一秒一秒同等的，但一個人的情緒能夠影響他感知時間的快慢。

比如此刻，我面如死灰地走回教室，耳邊傳來他們尖銳的聲音，那從廁所回到教室短短十幾步的距離變得無比漫長。他們討論著我的懦弱、我的失態、我的困境。

有那麼一瞬間，我想衝上去抽他們耳光，跟他們說，你們他媽有什麼資格教訓我？你們也同樣骯髒、同樣醜陋啊！

可是他們一看我，彷彿像是一把利刃，輕易地就能刺入進身體最虛弱的地方。

回到自己的座位，我低頭凝視著地面上、還有椅子上的一灘水，從書包裡拿出衛生紙，在老師來之前，蹲下來把場面清理乾淨。

心臟像是破裂出一個窟窿，繼而蔓延出去的裂痕，沒有任何盡頭，只剩下一望無際的碎聲。

校裙竟也慢慢地被陽光風乾，空氣的悶熱無情地帶走了水份的濕度，然後消解得無聲無息，像是什麼事都沒發生過那樣。

他們還在笑著，坐著，討論著。

而我的裙襬也就在他們一次次的嘲弄裡，快速地又乾了。

被磨滅著，消耗著，腐朽著，潰爛著。然而這一切卻也依然……

不留痕跡。

他們說，這就是活該。

還會有這樣的時刻。

「吳梓喬——」

老師叫喊著我的名字，我從座位上站了起來，老師直視著我，問我：「妳的作業呢？怎麼沒有交？」

「我交了啊……」就在我說的時候，遠處傳來幾聲「噗哧」的笑聲，於是我明白了一些潛在意思，重新跟老師說：「對不起，我明天再補交給老師。」

那些嘲笑的聲音像是骯髒的後巷角落裡，四處亂竄的鼠齧蠹蝕，在暗地裡張牙舞爪。

我緩慢地轉頭掃過了他們的臉，分明只是一些單純而歡快的笑容，在我的眼中卻扭曲成怪物的形狀。

下課的時候。
身後突然有人拍了拍我的肩膀。
甘郁涵走上前，遞給我已經變得霉霉爛爛的作業本，上面甚至佈滿著污水的痕跡。
我讀不懂她眼中的訊息。
「梓喬，我叫了他們不要這樣子對妳的……」
她的臉容閃耀著動人的美好光芒，在斜陽底下，更顯得楚楚可憐。

身邊是她的好朋友甄靜湊上來，一臉討厭的神情說：「郁涵妳別管她！」
然後兩三下就拉著甘郁涵的手從我身旁離去。
她經過我身邊的瞬間，那微乎其微的聲音如女王親臨一般從我耳邊掠過。
「是啊，誰教妳偷我東西呢。」

這是一個巨大而濁臭的湖。
漆黑的陰影之中，所有的未知和神秘都讓你覺得恐懼。
不知道下一次還有什麼在等待你。
那蓄滿水的湖面宛如隨時隨地都要併發出更濃更烏漆的稠漿，我只能在一片屍橫遍野裡漸漸血流成河。

3

每個人心裡面都有數量不等的蠟燭，它們或明或暗地在心臟裡閃爍著，支撐著我們眼前所相信的世界，抑或是，點亮起內心最荒涼的宇宙。

我想過一切眾人能夠折磨我的辦法，腦中也浮現出無數次那些電影裡面，被霸凌至死的主角們所受過的欺負。我以為在我有過了心理準備之後，能夠坦然地接受他們施加在我身上的一切。

誠然，當惡意來到自己的面前，無論事先設想過多少次，自己還是會如期地崩裂，碎不成形的。

我們也許生來，就難以習慣劣待。

午休時，我如常總是最先回到教室的人。少了同學一些煩人的打擾，算是唯一一段能夠清靜的時間。

回到教室的時候，甘郁涵正小心翼翼地從教室走出來，迎面和我擦肩而過。

我下意識地畏縮了一下，她的肩膀重重地撞開了我。我停住，轉過頭來望著她。

她直勾勾地注視著我，眼神中少了那點虛偽的善意，取而代之的是明顯的敵意。

「妳……」

我正準備開口和她說話——

她停頓了一下，就收攏起自己的目光，從我身邊走去。

似乎所有的事情都早已有了預兆。

當同學都回到了教室，忽然甄靜大聲地叫喊了起來：「我錢包不見了！」

猝然，所有人的目光不約而同地聚集在我的身上。

我愣在原地，連開口解釋的時間都沒有。

他們慢慢地朝我走來，我彷彿見到他們身上那些無形的雙手正架在我的脖子上，一點一點地用力將我掐死。

我感到胸口一陣窒息。

「不會是妳吧——」

「她不都是第一個回教室的人嗎？」

「我沒——」

就在我張口想要去辯解的時候，有人拿起我的書包，粗暴地往裡面翻查。

「我說，我沒有——」

話還來不及說完，那人從我書包裡拿出了一個不屬於我的錢包。

那些目光和話語都不再重要了。

我看不見窗外透進來的日光，看不見那些無聲無息的刀刃，聽不見他們青春洋溢的臉孔背後那些狠毒的話。我只覺得天旋地覆，耳邊上百隻蜜蜂在蠢蠢欲動。

就像是一片龜裂的大地無聲地從裂縫開始延綿開來，再也修補不了的洞穴，有什麼掉到最深的幽暗之中，沉默地碎裂，然後瓦解成粉末。

「果然，狗改不了吃屎。」

甄靜大步走到我面前，然後用力地扯住我的手，拉著我走，「妳跟我去找老師，我不會就這麼算了！」

身體失去了所有的知覺，一切不過是一場幻象。後來我站在老師的面前，他們面無表情的凝視著我，我，我甚至覺得，我不過是一幕戲中的一個角色。

「妳說說看，這到底是怎麼回事。」

「我——」

我想有些情緒就像是一個蓄水池，當水位高漲到一定的程度，就會自然而然地傾瀉出來。如同烏雲在極致地翻騰過後，終於迎來了一場疾厲的暴雨。

才說完一個字，胸腔掀起一陣陣張狂的酸澀，經過心臟、喉嚨、鼻腔蔓延開來，累積的痛楚終於在神經末梢處開始併發，然後淚水哽噎住了嘴巴。

所有疼痛都是劇烈的。

有一瞬間，我的情緒潰堤崩潰，我甚至連筆直站著的力氣都沒有，順著牆壁癱軟了下來，上氣不接下氣地說著，話語斷斷續續：「我真的、真的沒有，真的不是我……我真的沒有…老師，你相信我，求求你，求求你們，求求你們了……」

一定是有著極大的悲傷，才會發出這近乎絕望的吶喊吧，我想。

一定、一定是這樣，才會在無人看見的地方，慢慢地紅了眼眶。

求求你們，相信我。

好不好。

我真的沒有，真的不是我。

當我回到教室，全部人都用一種看「怪物」的眼神望著自己。

我下意識地轉頭來看她，在無聲之中，她抬起頭看我的神情，似乎在對我說話——

——我贏了。

真相是什麼。沒有人覺得重要。人們覺得重要的，往往是他們所相信的事實。

心裡那些閃著微弱的光芒的蠟燭，一下子熄滅了一大半。

我再也找不到火柴點亮它們了。

4

故事的最後，是期末考試的那一天。

在我們所有人都把考卷交出去的時候，我身後的甄靜猛然舉起了手，老師緩緩地走近，甄靜的聲音不大不小，卻也足夠穿透整個教室，她說——

「老師，我看見吳梓喬作弊。」

像是當頭一棒敲在我的頭上，我不可置信地轉過身來看她。

甄靜意氣風發地說著話，臉上有著說不出的自信和威風，如同鮮豔爭目的巨型花盤，甜美、燦爛卻也危險。

永遠都有層出不窮的手段。

永遠都有數之不盡的憎恨。

我被老師帶到了教室外面。
身體像是被無形的線拉扯著，使不出任何的力氣。
甄靜說，看見我在窺探著前面座位的答案，她說可以問旁邊的甘郁涵，她也有看見。
我說，我沒有。

甘郁涵沒有看我，她好像再也不屑看我一眼。
畢竟手拿著劇本的人是他們，我好像自始至終都沒有能夠決定什麼的權利。
他說有。
我便是有。

訓導主任叫我去辦公室找他。
關上門之後，老師褪去了那嚴肅無比的表情，取而代之的是語重心長地勸導著：「梓喬，妳現在已經兩個大過了，如果真的確定妳作弊的話，妳就要被勒令退學了……」
「我沒有。」
「但我知道，你們不會相信我。」

我坐在椅子上，看上去比想像中的還要淡定，已經不再會情緒失控了。忽然間明白，好像很多事，多了幾次就會變得駕輕就熟。

我們的善良也許需要努力地去養成，但許多的惡意卻是無中生有的。

我也在慢慢習慣這些惡意，對嗎？

習慣這個墮落又萬惡的世界。

「沒有關係了。」

只剩下四分五裂的碎片了。

我不再理直氣壯地為自己解釋，也不再悲痛地求著別人的理解。當心中的空洞擴大到一定的程度，或許就再也裝不下任何的期待和希望了。

我知道，這裡再也沒有我的容身之處。

我永遠記得那一天。

終於，我還是離開了學校。

離開了那些眼神帶著惡意的人群，離開這個我曾經很嚮往的地方，離開所有無比黑暗的根源。

在滯緩的時間裡面，我最後一次走過學校那些曾經熟悉得很的地方，彷彿又重新回到從前的日子，春水初生，承載著希望和歡笑。同學們打成一片，堆積成山的作業和考卷讓人抓狂，被日光曬得發亮的操場有著熱血和汗水的味道，一切一切，我好像都記得。

有些事情我想我會記住很久很久，記得他們往我身上潑水，記住那些弄丟過的書本和筆記，記得有意無意地碰撞，記得那一個聽起來讓人恥辱的綽號，也會記得他們眼中的憎恨和嘲諷。

我似乎就在這短短的幾個月時間裡，得到他們口中所謂應得的「報應」，只是我不知道，屬於他們的報應，什麼時候才會展開？抑或是，終究不會展開。

畢竟，這世界沒有永遠的公平，對吧？

也許要很久以後，人們再能夠意識到懲罰的意思，是讓人再重新來過時，能夠做適當的改變，而不是為了讓他一直承受痛苦。

以牙還牙，不過是世界的常態。

我離開學校之前最後一次見到甘郁涵。

就像那個時候，我不知道有什麼在等待著我一樣。我見到她時，她依然笑得甜美、姣好，依然帶著所有人都喜歡的優秀特質，站在人群裡面有說有笑。我想她也不會知道有什麼正在等待著她。

其實，也並非是想要刻意去報復些什麼，只不過是埋下一些種子，讓它們在或近或遠的將來，終將簇成一片森林。

我忽然想起她曾經對我說過的話——

「難道妳在做壞事的時候，就沒有想過嗎？」

我希望妳有想過。

從此各安天命，只是我不會祝福妳。

甚至，我希望你有個比我更悲慘的結局，因為有些惡，妳應得的，不是嗎？

妳也曾經這麼和我說過啊。

○

1

「就是她——」

幾個女同學走上前扯吳梓喬的口袋，兩三下就從口袋底處撈出了一個別緻的錢包。

我新買的錢包。

我整個人都是懵的。

「妳……為什麼……」

我恍然地看著她，她只是低下頭，盡可能地避開了我的目光。

她什麼都沒說。

辯解、委屈、抱歉的話，一句話都沒有。

然後班導就來了，女同學跟老師劈哩啪啦地解釋著說，見到吳梓喬鬼鬼祟祟地翻動著我的書包，就和她當面對質，然後在她的口袋裡找到了我新買的錢包。

而且，這個月也不是第一次有人弄丟東西了。

班導聽了之後緊皺著眉頭，轉過頭來問我，是不是這樣。

身邊的同學見我還在發怔，輕輕地推了我一把，我清醒了過來，緩慢地點了點頭。

沒有一個人出聲，彷彿大家都在安靜地看著一齣鬧劇似的。

「行吧，你們先回到座位繼續上課。吳梓喬，妳跟我去辦公室。」

我沒辦法理解她。

我也不會嘗試去理解她。

想到這些日子，在沒有人跟她一起吃飯、下課、玩耍的時間裡，是自己主動去關心她，去與她結伴。想到就覺得很委屈也很生氣。

全天下最不該對不起我的人就是她，她憑什麼偷我的東西。

「郁涵，妳沒事吧？」同學把錢包遞回我的手裡，然後不忿地說：「妳最好算一算裡面有沒有少了錢，如果少了，怎麼樣也要向她討回來！」

「上次我不是丟了兩千塊，我覺得可能也是她做的。」

「有這個一個小偷在我們班，以後我們怎麼敢來上課啊……」

「連好朋友的錢都偷，還是不是人啊……」

我握著自己的錢包，臉色一陣紅一陣綠。

心臟覺得難受極了，像是被揉進了一塊銳利的玻璃碎片，動一下都能刺痛全身。

真覺得自己像個傻子。

人家分明只是當妳白痴，才裝著可憐給妳看，只為了接近妳、偷妳的錢，妳卻真的把人家當成了朋友。

我默默地走回自己的座位。

一不小心，眼睛就紅了，聽見他們一句接著一句地討論，就忍不住哭了出來。

真可憐吧——

挺傻的——

白痴——

我伸手擦掉落下來的一滴淚，然而，越想要趕緊擦掉的眼淚，就越是掉落得更兇。一滴滴的，暈開了桌上作業本的墨跡。

女同學都紛紛圍上來，輕聲細語地安慰著我。

後來吳梓喬回到教室，我穿過人影的縫隙找到了她的臉孔，直視著她的雙眼。

她也看見了我，眼神裡充滿著心虛、慚愧、不知所措。一剎那的時間，她就移開了視線。

有那麼一刻吧，當我看見大伙兒推撞她，她倉皇失措地收拾著自己的東西時，我心生起一陣痛快的感覺。

你知道吧，人總該為自己做過的事負責，哪怕掉到更深的沼澤裡，也是在所難免的。

我希望在那之前你已經準備好。

2

有一些人就是，永遠看她不順眼。你永遠知道，自己和她不是同路人，甚至連和她處在同一空間，你都覺得討厭。

心上的疙瘩是這樣的，一旦滋生出來，就再也沒辦法消退，再看她多少眼，都依然會記得那些疙瘩存在的原因。而且，這個疙瘩會越發地顯眼，越發提醒你那些醜惡的坑疤。

「我就真的看她不順眼！要不是那天人贓並獲抓到了她，不知道這樣的事情還要經歷多少次！」甄靜在旁邊忿忿地說：「而且我的錢也找不回來了。」

「兩千塊啊!!!妳知道那是我拿來買家人生日禮物的嗎？」

甄靜又開始動腦子。她說，她就看不慣吳梓喬，有她存在的一天就代表著我們永遠都要擔驚受怕。

我想了想，也是，有了第一次，通常第二、第三次都會變得簡單輕易的。

錯誤是不允許的。

許多時候我看著吳梓喬的臉，連我都覺得非常危險。我從來不曾想像過，一個看上去人畜無害的女孩，居然也會做著齷齪的事，而且還是在暗地裡，在你不知道的背後，想著一些辦法打你的主意。

我曾經也把妳當成好朋友的。

吳梓喬，妳別怪我。

還好同學們也從來不會讓我失望。

我想人們都很擅長去針對那些眾所厭惡的人事物，吳梓賊當然也不例外。只要大夥兒一天還能覺得有趣，他們就不可能輕易地放過她，畢竟這個世界的從眾心理，是很可怕的。

每當看見她狼狽的樣子，不知所措又無人依靠的模樣，都會覺得她活該。好好的一個人硬要把自己弄成這個地步才甘心嗎？不，不對，應該是說，只有這樣子才能讓她知道，有些事情是從來都不該做的。

我不過是在教她這個道理而已。

作為該科小老師，我把同學們的作業都收齊了準備拿到老師的辦公室。

忽然在作業的最上方，出現了醒目的名字。

我面無表情地拿起了吳梓喬的作業本，經過廁所的時候，把作業本往那傳著惡臭的拖地水槽裡隨手一丟。

靜靜地看著白皙的作業本緩慢地被污水滲透，再緩慢地被淹沒，本子上的字跡逐漸化開，被又髒又臭的污水弄得皺成一團，到難以分辨的霉爛，不過是時間的問題。

回過神來，我大步地走向辦公室，跟老師說，吳梓喬沒有交作業。

「吳梓喬——」

老師叫喊著她的名字，我看著她慌忙地從座位上站了起來，老師問她：「妳的作業呢？怎麼沒有交？」

她一陣驚愕，下意識地回答：「我有……」

然後班裡傳來一陣低微的笑聲，似乎是一瞬間，她明白了些什麼，然後又乖乖地坐下了。
那時候我在想，她會不會也在深深地懊悔著，自己曾經做過的壞事。

後來我把廁所裡那本霉霉爛爛的作業本重新遞回她的面前。
她似乎不再為此而感到驚訝，只是默默地接過。
我在經過她身邊的時候用微乎其微的聲音對她說：「吶，妳活該的。」

可能僅僅是為了看她剎那間的失態。
又或者僅僅是自尊心和好勝心作祟。
當看見你很討厭的人處於低你很多階級以外的那裡，還是會不由自主地從心底笑了出來。然後微微昂起了頭，宣告著自己的優勢。

或是源於和朋友之間有了共同的敵人而感覺欣喜，有時候不過是三兩女孩圍在一起的小小是非，只是在不知不覺中，也會釀成沉濁的污穢，比如——
那個曾經被她偷過錢的甄靜，給我發過這樣一條訊息：

——弄死她。

3

雙手是顫抖的。

我試圖讓自己冷靜下來，再環顧四周，確定教室裡一個人都沒有。

全世界的聲音都像在我耳膜裡被無限放大，心跳通過血液擴散開來的緊張感，太陽穴劇烈地暴跳著，一下一下搥打著每一條神經。

我緊捏著甄靜的錢包，甚至過度用力以致指甲陷進皮膚裡烙出淺淺的痕印。

再次轉過頭來，教室裡沒有人。

甄靜說只要把她的錢包，偷偷地塞到吳梓喬的書包裡就好。

只要在人來之前，神不知鬼不覺地演好了劇本，一切就能照想像中的進行了。

有時候內心的某一塊也會不安地躁動起來。

只是人類都這樣，擅長用各種天花亂墜的藉口來潤飾著自己看似惡劣的行徑，直到自己良心的那一塊也慢慢地被同化，直到這冠冕堂皇的理由足以壓榨掉所有的不安。

她活該的，也該嘗嘗這種被人欺負的感覺吧。

嗯，是這樣的，沒錯，就是她活該。

快速地把錢包塞進了她的書包裡面，我就離開教室，準備到操場和甄靜會合。
一踏出教室門口走了兩步，就看到吳梓喬迎面走來。
我的心臟突然又加速地跳動了起來。
只見她看著我，正想要開口和我說話。
「妳……」
我收攏起自己的目光，直直地朝她反方向走去，故意撞開了她。

所有的一切都按照著我們的劇本進行，沒有一分一毫的差別。
我和甄靜完美地互相配合，演繹出了預設的角色，而她也把「壞人」的角色發揮得淋漓盡致，正合我意。
看著她哭腫了雙眼，緩緩地回到教室，身體被一陣強烈的快感穿透過去。我不禁好奇，她在訓導老師面前究竟哭成什麼樣子。
無論是哪種樣子，都是得不到人們的憐惜的。
畢竟是帶著罪的人。

於是，這就是她第二個大過。
我在想，她之前偷過那麼多次東西，現在才得到應該有的懲罰，她應該一直都覺得僥倖吧，所以才更加肆無忌憚地去犯錯。

而我們，不過是以其人之道還治其人之身罷了。

我還記得在那之後的某一天下課，吳梓喬等到身邊的所有人都已經離去了，特地找我談話。

她一走上前，就咄咄逼人問：「這些事情，是不是妳做的？」

我無所謂地聳聳肩，不置可否。

「妳這麼做，有意思嗎？」她緊抿著唇，像是恨得隨時可以把嘴巴咬出血來。

「妳有什麼資格委屈？」我收起自己的笑容，直視著她，眼神中沒有一絲憐憫，「難道妳在做壞事的時候，就沒有想過嗎？」

她怔住，卻一句話也說不出來。

我們就在巨大的沉默裡無聲地僵持著。

「妳就是個賤小偷啊。」

「吳梓賊。」

「妳活該的不是嗎？」

「妳這個臭不要臉的。」

腦袋裡充血的瞬間讓我覺得刺激又暈眩，我彷彿能聽見那鬼魅般的迷人細吼——

弄死她。

4

你說吧，快樂會使人麻木，痛楚也會使人麻木，那惡意呢？惡意也會使人麻木嗎？到了一定程度的厭惡之後，就能隨心所欲地憎恨一個人到這種地步嗎？也是可以的吧。

不然那些做著壞事的人，又是怎麼習慣所有的罪惡感呢？

「不然妳可以問一下郁涵，她坐在吳梓喬的斜後方，應該可以看見吳梓喬作弊的。」甄靜坦誠地對著老師說。

老師轉過頭來看我，認真地注視著我的一舉一動。

「郁涵，妳看見了嗎？」

郁涵——

妳真的看見了嗎——

彷彿是甜得過份的水果坦蕩地暴露空氣之中，從空氣播散出去的香甜味道，來自四面八方的垂涎的蟲子逐漸靠近，爬滿了裸露的果肉，漸漸腐蝕了明晰的靈魂。

我知道吳梓喬在看我，終於我還是避開了她的目光。

——弄死她。

——她活該的。

「看見了。」

就像是一座用沙築成的堡壘，在坍塌之前只需要輕輕一呼，就能瓦解成敗井頹垣。

輕易地將一切夷為平地，寸草不生。

她終於要離開學校了。

在她走之前，我最後一次看見了她。

她手上捧著那些被同學們塗鴉過的書，看起來些許憔悴。

她也看見了我。

我抬眸凝視著她，然後自負地笑了，像是在高處俯瞰著她，一如既往地用驕傲的神情對她訴說：

「妳看，我贏了。」

這次她沒有閃躲開我的眼神，我忽然有點不懂了。

吳梓喬第一次用著陰暗又狠毒的目光向我投來，如同意味著——

「不，妳沒有贏，是我們都輸了。」

◑

吳梓喬退學後的那一天。

每個同學進入教室的時候都被眼前的這抹光景震攝到。

教室的公告欄上釘上了幾十份一模一樣的手寫字書。

所有同學都圍上去看，驚訝得說不出一句話來。

直到甘郁涵背著書包走了進來，原來十分嘈雜的教室倏地寂靜一片，沉默地看著她回到自己的座位上。

四周似乎散發著極度微妙和危險的氣息。

如同一個巨大的黑暗洞穴，見不到底的恐懼使她高懸著一顆心。

甘郁涵放下書包，朝眾人的目光掃過去，她認出那些手寫字書的文字是吳梓喬的字跡，便二話不說地衝上前——

我是吳梓喬，或許吳梓賊才是你們比較熟悉的名字吧。

以下是我對這一連串事件的自白：我沒有偷過東西，無論是前面幾次還是被你們抓住的那一次，我都沒有做過。

我想大家都知道，在發生這件事之前，我和郁涵是好朋友，也是因為我們走得比較親近，所以我知道了她的秘密，也看到了她暗地裡偷班裡同學的錢。因此在那之後，我成了她的眼中釘。爾後這一連串的事件，她把你們的視線全都轉移到我的身上，我順理成章地成為大家霸凌的對象。一切都在她的計算之中，我甚至沒見過甄靜的錢包長什麼樣子，更沒偷看前面同學的考卷。

如今我退學了，已經無所畏懼。恭喜你們，依然還是與一個臭不要臉的小偷一起上課。也恭喜你們，遲早有一天會得到你們口中所謂的報應。

一個充斥著的硫磺蒸氣的幽密場域，周遭是升騰的熱氣膨脹起所有的不安，然後炸裂出無數條流動的血絲，四方八面地延伸過去。

她伸手粗暴地把一張張 A4 大小的手寫字書撕下來，發了狂一樣失去理智，直到幾十份的紙張碎了一地的紙屑，直到人們再也無法從中辨認出完整的一句話來，直到她感到雙手指尖傳來刺痛的觸覺——

周遭那消了音的議論聲終於恢復了溫度，重新傳進了她的耳朵裡。

胸腔劇烈地起伏過後，她的呼吸漸漸回復平靜。

然後甘郁涵臉色煞白地走回自己的位置，整理自己抽屜的書本。

也只是一瞬間的事。

從她的書本裡掉出一個貼滿貼紙的可愛信封，她甚至還記得，當時甄靜貼著貼紙時的神情，甄靜跟她說，她要用這兩千塊錢買禮物送給她媽媽——

甄靜走近，蹲下來拾起信封，打開一看，是完完整整的兩千塊。

「甘郁涵，所以真的是妳？」

熟悉的聲音凍結成薄冰。

甘郁涵僵硬地抬起頭來環顧四周。

所有人都不約而同地轉頭用帶著惡意的眼神瞪向她。

她認得那樣的眼神。

那種曾經落在吳梓喬身上犀利又厭惡的眼神。

她終於明白，這一刻，她不過是待屠的獵物。

終於，我們誰都沒有辦法逃離這莫比烏斯環。

——記念那些難以忘懷的傷痕

喜歡是心動的累積

「你是時光最好的饋贈。」

1

特別的遇見總是來得毫無徵兆。

世界每天都在上演著迥異兩岔的戲碼，我們都被命運的骰子擺弄著，流轉出所有千變萬化的相遇和失去，最終也仍是錯落有致地走在了一起。如同所有的生死有命，又似日月盈昃的注定。其實後來我一直在想，也許人間的所有抬眼或錯身都早已有了譜，否則那麼多獨特又別緻的靈魂裡面，我怎麼又會唯獨為你佇足。

你相信嗎，有些人是生命中的意料之中，卻也是宇宙洪荒裡的猝不及防。

我好像一直都忘了說。

你撞進了我的國境，並就此落地生根。

2

很多很多個這樣的午後。

日光猛烈地照在光滑的操場上，燃燒了大學校園裡面來來回回的每個身影。雲塊被撩拂的風吹得不成形狀，有鳥兒幾隻結伴地飛過，掀動了在風中婆娑而舞的樹影。寬大的校園裡藏著一張張寫滿青春和張揚的臉孔，各自承載著自己的故事和人生，像極了萬千簇盛開的群花，各有各自的前途似錦，無論哪一朵都足夠熾亮和馨香。
我的故事呢？其實就在這些毫不起眼的平凡角落裡展開，和誰都一樣，卻也和誰都不同。

上了大學之後仍然習慣午餐是帶著自己的便當，就在這樣的午後裡，我擁有著自己的時光，並未預想過任何關於你的事情。
午休快要結束的時候，我在靠近操場的露天洗手台洗著便當盒和餐具。

天邊的雲靜悄悄地簇擁成一群，如同漲潮時逐漸染濕的沙灘般凝滯在一起。
忽然有水珠一滴一滴分明地掉落下來，起初以為是水龍頭處濺開來的水花當水滴越來越發大顆的時候，我抬頭看著那一瞬變換的天空，才意識到是下雨了。
我開始手忙腳亂起來，趕緊把便當盒裡多餘的水瀝乾，手執著餐具，轉身想要找最近的屋簷避雨。
剛走了兩步，筷子掉了一根。
我嘆了口氣，狼狽地蹲下來撿起筷子，然後剛站了起來，湯匙又很不聽話地掉到地上。

雨水開始沾濕了我的瀏海和包包，我被一陣水氣包圍著，心情不能更糟了。
於是我又蹲了下來，伸手撿起湯匙。
耳邊不斷有著從遠方跑來、經過、遠去的腳步聲。

我能從濕漉漉的眼睛餘光裡看見大伙兒從我身邊慌忙跑走的身影，每個人都在緊急地找自己的避雨處，任誰也難以停留在原地，不像我。

就在我撿起湯匙之際。

瞥見一雙球鞋佇立在我的眼前，頭頂肆虐飄灑的雨水突然收斂了起來，沒有了風吹草動，沒有了鬧雜聲響，也沒有了樹香沁鼻。

有人撐著傘站在我的面前，擋住了我的視線。

那個人站在了逆光的方向，我抬起頭呆呆地望著他，眼睛卻被剛才淋淋漓漓的雨水淹住，澀得睜不開來。透過一層水氣浮現的光景，竟是如此虛幻不真實。

我恍神了一下。

就在這麼短短一下，那些被貯藏在時光寶盒裡的所有記憶如潮水滾滾襲來，我毫無防備地被淹沒在迷渺的幻象裡，難以清醒過來。

有些念想始終像是一隻沉睡的獸，等待著誰的輕聲喚醒，一旦從休眠蔽日中醒來，就無法再輕易地消退。當模糊的記憶逐漸顯影成形，那個久遠年代裡的身影彷彿就這樣子踐踏著時光穿越而來，走到自己面前。

好像是他。

好像真的是他。

「簡一帆，你這樣會嚇到人家啦！」有誰在喊著他的名字。

然後我的耳邊傳來像是遠方響起的鐘聲，溫敦卻邈遠，一步步地從遠處紛至沓來，只要一瞬，就能喚醒那些曾經虛渺的夢境——

「沒關係，我認識她。」

3

我該怎麼回想起你。

記憶中的所有輪廓都自帶著柔焦的效果，像是每個場景都加了一層白紗，任何一個瑣碎的動作，都能拉扯出一些微小的細縷，在心田上踏出深深淺淺的腳印。

如詩一般。

鈴鈴鈴——

下課的鐘聲在老師兢兢業業的講課中猝然響起，劃破了教室裡沉悶的氣氛，同學們像是被當頭敲醒了一樣，輕易就驅散了所有睏意和不經意的酣睡。

初中那時候的我們是這樣的，一聽見鈴聲就紛紛去找自己的好朋友，享受著在學校僅餘那些歡快的時間。於是教室和走廊都變得喧鬧了起來，卻不構成嘈音，就連吵鬧都攙雜著些許美好和溫靄的成份，是學生時期最好的背景音樂。

我從書本上探起頭，揉了一下眼睛，朋友扯了一下我的校服，讓我陪她去洗手間。

走出了教室，走廊同學三五成群，我們越過了隔壁班的門口，朝著女洗手間走去。

經過第三間教室的時候，我看見一個比同年級的同學還要高大的身影站在某一班的門口，正在替老師拿著作業本。

我的心臟忽然猛烈地晃動了一下。

跟他錯身而過時，我的目光就再也無法自他身上移開，雙腳幾乎忘記了原有步伐，像是掏空靈魂地被同學拉著往前走，卻一直回過頭來看著那個人。

他挺拔的身影在人群中顯得奪目秀骨，卻也飄渺，我像是離他很近，卻也隔著人群之遙。就像是、就像是我們能夠看得見光，卻無法實際觸碰到光一樣。

那人似乎感應到炙熱的目光附著在自己的身上。

於是他轉身，炯炯雙目終於找到了我，隨即望進了彼此的眼裡。

一瞬轉盼流光，忘了言語。

和你對視的一瞬間，我彷彿見到宇宙眾星，浩瀚而偉大。

不過是淡淡地望了一眼，卻也能牽動起淺水浮花。心底一片狂亂暗潮。

有些記憶會隨著時間慢慢地變得模糊，可是有些記憶卻會越發鮮明，像是被挑選出來的相片，鑲在最亮眼的位置，隨時隨地可以拿出來回顧一樣。不能忘，有些美好要一直一直記得，那些關於你的所有記憶。

就在目光重疊的一刻，我知道，他沒有忘記我。

4

第二次了。

第二次的重逢。

我發了怔一樣抬起頭望著他。

在他的雨傘之外，是另一個世界的雨在淅淅瀝瀝地落，恍如此時與我們都無關。

眼前有稠濡的濕氣，我仍然看不清他，像是這麼多年來我從來沒有看清他一樣，他於我而言是踏著時光來的旅人，卻也是偷走時光的離人。

「妳——不起來嗎？」

簡一帆微微傾身，帶著淺笑向我詢問。

我的思緒倏地被扯回了現實，伸手揉揉眼睛，撿起了湯匙，終於收拾好自己的便當袋子，然後站了起來。

眼前的一切從模糊漸漸地聚焦，他的臉孔慢慢地變得明晰起來，和腦海記憶中的他相互交疊在一起，我竟看到恍了神。

短練的瀏海、如炬的目光、總是柔和的笑容、低微的聲線、清新的味道、乾淨的白T恤球鞋、直挺的身形，和我深藏在心底深處的少年一樣，純淨而美好。僅僅是隻身佇立，與光同塵之餘，卻也不失俐落的鋒芒。

事隔多年見到他，他依然是個帥氣的人，和想像中沒有一點差別。

後來無數次想起這兩次的重逢，他當時的模樣如深刻烙印般再也不曾褪去，任霜染紅葉、任落花成塚，也依舊如昔。

或許並不能稱得上什麼翩翩俊美。

不過就是因為一點歡喜，才讓眼前的人比任何萬物都要特別和耀眼。

這種喜歡與他人無關，是專屬於自己的獨家秘密。

有時候我在想，這些意料之外的重逢，會不會早已鋪陳了伏線。那些我無法預計的，或是我曾經計劃過的，若是少了任何一個情節，都成就不了這個時刻的自己。還有那之後的你和我，我們。

命運管這些天氣叫做晴天雨。

在最春和景明的時刻給你一場雨，在最大雨的時候給你一把傘，在你無法預測的路口讓人們相互離別，又在車水馬龍的紛擾世界中意外重逢。一切都措手不及，也因為毫無防備，才能碰撞出更多迷人的故事。

晴天雨，你看多麼美好的一個名字，就連與你重逢的時候，都受到了上天的眷顧。

「在想什麼呢？」簡一帆伸手輕呼呼地在我腦瓜上敲了一下，笑眼彎彎地望著我。

一點都不疼，如同一下輕盈地撩動。

我羞窘地眨眨眼睛，移開了視線。

「謝、謝謝。」

開口的瞬間，我才發現我的聲音緊張得發啞。

他示意著我們向校務大樓走去，然後溫和地回應：「不謝。」

接著是短短數十步的距離。

幾分鐘裡面，我們安靜地並肩走著，沒有說話。

雨聲忽然在耳邊被放得很大很大，大到掩蓋了世界的所有聲響，唯獨左邊心臟的跳動聲鏗鏘有力，從不對我的喜歡說謊。

就在我不知道該說什麼的時候。

本來綁著高馬尾的我，橡皮圈忽然一鬆，濕答答的頭髮一瀉而落。

「啊——！」

內心是崩潰的，在喜歡的人面前這也太衰了吧！

於是我迅速地朝他瞥了一眼，卻見到他眼中的笑意比剛剛濃了幾分，嘴巴上揚成一個好看的弧度，黠慧的眼神裡有些俏皮的意味，手中拿著我掉落的橡皮圈。

我好像忽然明白了什麼回事。

他爽朗的聲音響起——

「只有我可以欺負妳呀。」

5

許多情感是這樣子的。

總是搞不清楚它起初的意圖，也許不過是源於一些無以名之的在意，一些當時誰也察覺不到的動作或目光，幾經時光堆疊，才能拼湊出情感真正的模樣。

二〇〇六年夏天。我八歲，一個不愛念書的年紀，因為補習班的英文考試測驗沒過而需要多讀一年。拿到成績單的那一刻，我站在補習班教室裡，哭著鼻子，臉上還帶著淚花，外頭家人正在等待著接送我回家。高高的天花板襯托著白花花的燈，那個時候的天空，小得好像這就是生活的全部。所有的場景、老師的臉孔、同學的樣貌都已經被歲月褪洗得模糊不清。我好像是回頭了，還是停住了，都記不得了，他穿著什麼衣裳，又是如何與我擦肩，通通都記不得了，唯獨有些話語似乎能夠烙印在時光裡面，他說：「喲，不及格啊？嘿嘿我也是。」

二〇〇六年夏天，他十歲，是我討厭的人。

很不巧的是，在補習班上課抽到坐在他旁邊的位置。這個人總是捉弄我，走在補習班的走廊，有時他會飛快地從後方跑過，然後重重地撞我，我轉過來瞪他，他老笑著說：「誰叫妳笨啊！」有時候他會把我的東西弄不見，卻趾高氣揚地不說一句對不起。有時候會拿走我的鉛筆、課本、筆袋，然後放到高處藏起來。帶頭叫我「矮冬瓜」的他，會帶著調皮的神情低頭看我，卻也會在我被氣哭的時候，手足無措地安慰起我來。還有更多的時候，他會撥亂我的頭髮，說我短頭髮不像是一個女孩子。我會氣到跺腳，然後在教室裡委屈地對他說：「我討厭你。」他當時恍然的神情被日光虛化得不成形，我們對視著，鏡頭就一直定格在那裡。

那時候的我們都不知道。

小時候是這樣的，討厭其實就是喜歡的意思。

二〇〇六年夏天。那些跟著他喊我「矮冬瓜」的高年級男生們，都隨著他一同來欺負我，他見到我被他們圍住，就擠進來擋在我的前面，讓他的朋友覺得很訝異。那是我第一次見到他如此嚴肅，好像在宣告什麼似的，說「只有我可以欺負她，你們都不行。」那一瞬間他明亮又帥氣的樣子，好久好久我都忘不了。

明明是讓我討厭的人，怎麼現在就討厭不起來了呢。

二〇〇六年夏天。有一次他沒有來上課，我好像第一次知道了什麼是空落落的感覺。看著老師在講課，看著同學們一如既往的模樣，明明跟平常一點差別都沒有，為什麼只有我覺得時間好像不再有生動一樣。

二〇〇六年夏天。有一次我跟他意外地被同學鎖在剛好沒有人上課的灰暗教室中，窗戶玻璃透著微微的光線，我跟他縮在牆角靠在一起，那是我第一次跟他面對面那麼近的看著彼此，空氣安靜了下來，只剩下彼此呼吸的聲音，我們就這樣靜靜的看著對方好久好久，讓我想到了之前看過的一句話。生命中總有些錯過的瞬間，在回憶裡卻成了永遠。

二〇〇六年夏天。每次一到下課時間，就會上演你追我跑的戲碼，喜歡與他跑到另一個很大的空教室開始追逐，比誰跑得快，一樣在沒有開燈的灰暗教室裡，門外透出的光照亮了我們，彷彿全世界就只剩我們一樣。我看見他那若隱若現的笑容，心裡竟想如果時間能永遠停留在這一刻有多好。那時我們的距離只是在桌椅間追逐，而後來的我們就像在平行時空一樣，沒想到這一追就是十幾年過去，而我始終沒有追上他的那一天。

二〇〇六年夏天，在記憶裡彷彿成了永遠。

我知道都是幼稚，都是懵懂，所有的感覺都給不出一個確實的界線，甚至我們不知道世界是什麼樣子，又更惶恐地說這是喜歡、這是愛情。我想不能，只是一些念想，一些鐵定了會繡進韶華裡的印記。

二〇〇八年，他上了初中，我依然被留在原地，沒有再見面。

終於那一年的夏天變成了回憶，我開始學會了懷緬。

6

「只有我可以欺負妳呀。」

他說出這話的時候，跟記憶裡那個稚嫩的他，那個凝重又認真的他，像是兩個投影緩緩地匯在一起。

——「只有我可以欺負她，你們都不行。」

有一瞬間，我覺得那個從人群裡面幫我抵擋著世間鋒利的男孩，沒有絲毫的改變，一如既往地溫暖而明亮。

歷久彌新。

好像歲月從來沒走。

簡一帆笑笑地說，見我不說話，又突然有點不知所措。他從口袋翻出了衛生紙，遞到我的面前，我靜悄悄地接過，還是說不出話來。

「好啦，不欺負妳了。」

「妳怎麼跟以前一模一樣啊。」

然後把綁頭髮橡皮圈攤在手心上。

原來不止我一個人心心念念著以前。

明明只是一些輕盈的話，於我而言卻重若千鈞。

我接過橡皮圈時，手指不經意地滑過他的手心，是大雨裡一點熾熱的溫度，他微微怔了一下。

我好不容易才擠出兩個字：「謝謝。」

好多他聽不見的心事啊。

比如，謝謝這麼多年你佔據了我的青春。謝謝二〇〇六年的夏天我能幸運地遇上你。謝謝這麼多年你成為了我的溫暖和動力。謝謝你出現，謝謝你，謝謝。

再遇見你。

謝謝你讓我如願以償。

我以前聽說過，人與人之間的緣份其實早就注定了。有些人一直在一起，最後卻也會輕易地走散。有些人即使相隔迢迢，也終究會再見面。我不知道我們是緣份裡面的哪一種，但無論是哪一種，我都感激相遇，感激是你接住了我所有的歡喜。

「謝謝。」我又重覆了一遍。

「雨傘借給妳吧。」

他收好了雨傘，又遞到我的面前。

我不敢抬起頭看著他，只是低著頭說：「不、不用了。」

他停頓了一秒，我沒有看他的表情，他是微笑還是皺眉我不知道，接著短暫的沉默裡充滿了尷尬，他又馬上接起了話：「哦。那——我去那邊上課了。」

「嗯好。」

「再見囉。」

「再見。」

等他高䠷的身影慢慢地從我面前挪開，我才敢抬眸凝視著他的背影。幾分鐘裡的遇見，如同在清澈的水裡滴落進濃墨般，漸漸地泛散出去，越發深沉的心事大張旗鼓地肆虐。我想起關於他的所有記憶，猶如流螢染夏，絢爛的星火從此沒世不忘。

他的背影。

緩緩從我的視線中由大變小，一步一步走出了我的青春，且不回頭。

7

直到初中時走廊的再遇，他已經初三了。

那短短一年的時間裡面，我們隔了兩個年級，並不能很常見面。他有自己的生活和學業，我也沒有去找他的藉口，唯有在那些學校裡的碎片時光中，故意地經過他的教室，特地製造一些偶遇。

也許在那個匱乏的年紀裡，見一次面就足夠支撐很久很久的苦悶。一點點的甜，就足夠使我對世界充滿希望。

所謂歡喜，其實就是美好的盼望。

在還流行手寫信的時代裡。

我僅此一次給他寫一封信，其實也算是另類形式的畢業紀念冊，就在他初三快畢業的時候，就假裝去給與他同班的學姐送紀念冊，「順便」把信給了他。

「簡一帆——」

我怯怯地站在他的教室門口，請學姐幫我喊他。

他正在教室的角落和同學們拿著籃球打鬧著，此時聽到自己的名字，轉身就看見了我，明晰的眼眸映入我眼簾。然後他笑了，露出了喜悅又柔和的表情。

於是他放下了手中的籃球，身邊的男同學正在起鬨著，帶著曖昧的眼神揶揄著，他揮揮手示意他們別鬧，可是旁邊的男生哪會聽他的話，反而更加熱烈地摻合著，我站在門口尷尬得想要找一個地方躲起來。

瞧他慢慢地朝我走來，身後歡鬧的聲音越來越大，他又轉身叫他們「別吵」。

然後走近了。

「抱歉，他們一直在亂說話。」

他在我面前停下來。聲音低微，僅有我一個人能聽見，帶著歉意的聲音聽起來更加溫柔了一些。

我默默地搖搖頭。

「妳……找我什麼事嗎？」

他低頭看我，一如當初少年的模樣。

「啊，想要給你這個。」

我又默默地把一張摺成了小正方形的紙遞給他。
沒等他打開紙條來看，我又馬上緊張地說：「那、那我先走了，掰掰！」
然後乍猛地溜走了。

阿帆：

很開心能夠在初中再次遇見你，也很開心你沒有忘記我。之後你就要畢業了，希望我們可以成為好朋友！附上一張可愛的畢業紀念冊~

生日：
興趣：
嗜好：
願望：
最喜歡：
最不喜歡：

他畢業的那天，我生病發了高燒，沒能去到學校，我竟沒和他好好地道別。我在無聲無息之間失去了他，與他漸行漸遠。

其實就像是寄出一張沒有地址的明信片或是送出一個虛渺的飄流瓶。我把那些心心念念揉進紙墨裡，那一封信，他沒拆開，就傾瀉不出情意。

後來他初中畢業了，我等不到他的回信，等來的是音訊全無。

那時我明白，有些故事，也許早就失去結局。

從未想要擁有你，畢竟耀眼的東西要怎麼觸及。

旅人帶不走一片海，春光和星辰不能永載，我只能一遍遍在眼底將你摹擬，不為萬物所及，擱置在時光夾層的隱密裡，偷偷地掛念你。

8

之後的我，對於時間一點概念都沒有。

彷彿是已經親眼目睹過絕美的燦爛，於是心心念念地想要一直停留在那裡，一直看著那天邊盛開的絢爛煙火，從不願見它殞落。

杳無音訊的他。

後來我總是沿著他走過的路，想要找尋關於他的足跡。

我想過好多好多我們再次相遇時會是什麼場景，那時的他和那時的我是什麼模樣，依然會在茫茫人海中認出彼此嗎？依然會記得從前的點滴嗎？依然會如同初見般美好而純粹嗎？抑或是，從此以後天南海北，各自安好。

我想過很多，每次新年的時候，我總會站在窗邊望著窗外的煙火想，「後來的你呢，還好嗎？又過一年了，新年快樂，希望明年的你也能開開心心，一切安好。」

看著天空我想，即使彼此在不同城市見不到面，至少我們還是生活在同一片天空下的對吧，那樣安慰自己。

在喜歡他的時候，我總是閃閃發亮。

有那麼一刻我覺得，是他身上的光照在我的身上。

後來才發現，喜歡他終究成為了我的日常所有。

生活的絕大部分都是由對他的歡喜組成的。

很多很多年沒有他的日子，我仍然時常夢見他。

每當我從有他的夢境裡醒來時，都會慌張地找最近的紙筆，把那些綿綿不斷的夢記錄下來。我已經失去了有他的生活，不能再丟失那些關於他的夢。

這成為了我生活上的小確幸。

我想上帝對我是和善的，所以才能透過夢境，依然收到來自於他的溫暖。

有沒有一個這樣的人。

他好像從此就消失在你的生命裡面，可是每當想起他一次，就能獲得滿滿的能量；每當想起他一次，連眼神都可以變得柔和。就像是，隔空撫平了你生活所有的皺褶。

我總是沒由來地想起他的背影。

初中有一次，已經是下課後很久的黃昏時刻，學校裡的人都走得七七八八，我看見他幫老師完成了些事情，從辦公室走出來。

我站在走廊的末端，很暗很暗，陰影的交匯處，他並沒有看見我。

阿帆挺拔的身影禮貌地跟老師道別，然後朝著走廊的另一端離去。

也許是臨近夜幕之時，他的身影柔柔地溶進了暗無聲息的濃暮之中，像是寒冬時候玻璃窗漸起的氤氳靄霧般，逐漸幻化成影子，揉進了我記憶很深很深的地方。

我曾經想要喊住他。

想要他的腳步在熙擾的人群裡面為我停留。

只是當時霞光未落，我仍覺得我有無數次機會可以喊住他，我會有無數次與他相遇的機會，我會在數不清的樹影末散裡，見到他。

後來我在想，如果當時可以說出口，也許很多事就不會只停在這裡。

有天我聽到了一首歌，那首歌的簡介裡是這樣寫的——

人的際遇像是宇宙。

有些人可能經過你的生命一瞬，就再也不會回頭了。

（Hush—天文特徵）

9

他的背影。

緩緩從我的視線中由大變小，一步一步走出了我的青春，且不回頭。

像極了那個多年前淹沒在濃暮之中的那一抹綽約背影，那一抹我在歲月之中不斷不斷回顧著又眷戀著的身影。

「有些人可能經過你的生命一瞬，就再也不會回頭了。」

「就再也不會回頭了。」

那個夏天，那個永遠回不去的夏天。
世界兜兜轉轉，每天千萬種相遇和錯過，數算不清從自己身旁路過的人們，也計劃不了那麼多出其不意的遇見。

人的際遇像是宇宙。
一個星體的掠過，就要再經過數千光年的距離。
我們什麼都能擁有，也什麼都能丟失。
不過是一瞬的事。

「簡一帆——」
在他快要消失在轉角的時候，我大聲地呼喊著他的名字。
沒等他回過頭來，我就朝他跑過去。

他轉過身來，帶著深邃又難以言喻的眼神看向我。
然後也開始向我走來。
當我看見他向我走來的剎那，彷彿荒灘的孤島有了一抹生機。

我氣呼呼地快走到他的面前，停了下來，喘了幾口氣。

他在等我說話。

我深呼吸了一下，鼓起勇氣與他對視，緩慢地說：「你、你的雨傘能夠借我嗎？」

我眨著眼睛，屏住呼息在等著他的回應。

他細心地聽完我說話，愣住了一下，忽然展開一抹燦爛又深邃的笑容。

「好。」

簡單的一個字，卻在我心上擲地有聲。

我接過了他伸手遞來的雨傘，開心得像個收到禮物的孩子。明目張膽的快樂。

他靜靜地凝視著我，眼裡的笑意比剛才又更深了一些。

倏地，他從口袋裡拿出自己的錢包，在錢包的隔層裡取出一張摺得破破舊舊的小正方形紙。

「這——」我瞪大眼睛看著他，驚愕到說不出話來。

「給。」

他把「可愛的畢業紀念冊」歸還給我，神情溫柔而深刻，「物歸原主。」

我顫抖的手小心翼翼地打開這張封塵許久的念想。
他說他畢業那天想要拿給我，可是我沒有上課，他說他以為我們再也不會見面了。

「我喜歡下雨天。」
「我喜歡喝可樂。」
「我喜歡打籃球。」
「最喜歡貓和狗。」

還有，
我喜歡你。

——將此獻給翔貞．記念還在延續的故事

歷經千百的花開花落

「總有一天，會生出美好之歌。」

1

我們的生命，即使風雨交加，也未曾停止生長。

2

「妳今天過得還好嗎？」

手機裡頭傳來媽媽溫暖的聲音，隔著長途電話傳來的問候，聽起來飄渺遙遠，帶著一點電波的沙啞，努力從世界另一頭傳遞一點關心給我。

入夜後的雪梨溫差有點大，我提著笨重的行李接到媽媽電話，佇立在燈火滿城的鬧市中一角，在沒有人注意到的蕭疏角落，城市的人聲鼎沸隔絕於千里之外，聲色犬馬都與我無關。我離世界很近，也如同我離世界很遠。

從一個城市到另一個城市，從一個國家到另一個國家，從過去到現在，又從現在到未來，從天晴到雨夜，從無到有，從生到死，從擁有到失去，一個個都似乎是一次漫長又撲朔的過程，一些誰也無法躲避的過程。

「喂——？」

耳邊媽媽溫軟的聲音不曾遠離。

「還好嗎？」

「好。」

身體緩緩順著街角的冷牆滑落下去，我毅然蹲下，牢牢抱住自己，緊捏著手機，喉嚨火辣辣的，好不容易花光了身體的所有力氣擠出一個字。

手用力地摀住了嘴巴，淚水久久不絕地落下，沿著臉頰，滲漏出指縫間。

不被世間任何人察覺。

「沒事。」

我掩蓋著話筒大大地深呼吸，胸腔劇烈地起伏顫抖，最後把所有委屈滙聚成兩個字。

摸了摸口袋，錢包被偷了之後，身上僅餘的一些現金，夠不夠我抵達更遠的地方呢。

明天是什麼樣子，仍然無法再花更多的心思去想像，如同蒙上白紗去瞥見的世界，模糊又不切實際，永遠只能徒勞地預估著，永遠抵達著新鮮和未知。

沒事。

吶，沒事呢。

天邊落了一些小雨。

像是所有電視劇裡頭出色的巧合一般，存在著互相吸引的法則，會在最狼狽的時候碰見最不想見到的人，會在最淒慘的時候遇上一場大雨，會在毫無防備的時候收到最沉重的打擊。一切都宛若天神對你的一次嘲笑，你措手不及，也束手無策。

我們的生命。

像是站在身下九萬呎的鋼索上，往前走和往回走都一樣驚險。

很多年前讀過尼采的一句話：「其實人和樹是一樣的，它越是嚮往高處溫暖而光明的陽光，它的根就越要伸向黑暗而潮濕的土地。」

那些風雨交加，是我們勇氣的來源。

那些黑燈瞎火，是我們往高處生長的養分。

如果說，生命不過是一腔孤勇和仰望。

那麼一如既往。

往前走便是了。

3

把巨大的行李箱整理好，笨重地把它從地板的一側扶起來，它的重量超出了我的預估，身後背著吉他，是我擁有的一切了。

凌晨三點，家裡安靜得沒有一絲聲響，選在一個所有人都沉睡的時間走。

與其說是離開，倒不如說是所有故事的序章。路程的始站，書本的初頁，歌曲的第一句，畫作的第一筆；於是從這裡開始，往後是苦雨抑或是豔陽，是殘月還是一宿星塵，也許空手而歸，也許苦盡甘來。只是這一刻，我要出走了，沒有什麼更大的原因。

從房門到大門之間也不過是十來步的距離。

要一切都不出聲響是需要花很大力氣的，比以往的任何動作更來得小心翼翼，甚至連呼吸都變得輕盈，身體在短時間之間處於高度緊蹦的狀態，不到兩分鐘，我拖著大大的行李，只前進幾步。

就連關節與關節間都在緊張地磨合著。

不出任何聲響。

靜悄悄地在漫長的時間裡做足了充份的準備。

只是一切似乎失去了一個理由。

一個更有力的理由與意義。

走出家門的時候，已經汗流浹背。

凌晨三點的世界。街上少了喧鬧的身影，少了一些烟火氣，燈火通明的城市，喧囂與靜謐交織著的城市，縮成一團栖息盤桓的台北。
路燈均勻地暈出一地黃影，我拖著行李穿梭在這樣孤寂的夜裡，落了一地頎長的影子。
經過十幾個小時飛行之後，我昏昏沉沉地從飛機上走下來，狼狽地揹著吉他和拖著行李，在人潮擁擠的機場裡。
傳來父親那暴怒如雷的聲音：「妳在哪——」
「我要去看看這個世界。」
「妳這麼做有什麼意義呢？」

從前我是一個沒有夢想的人。
今後也可能仍是個沒有夢想的人。
我們的一生都在徘徊，我們的一生都在尋找，所謂的意義和理由，或是一個我們從來想像不到的答案，是什麼呢？我們一生都在拼命的東西，到底是什麼呢？
是為了什麼而一直、一直往前走呢。
意義。
有什麼意義啊。

4

在雪梨丟了錢包，流離失所的夜晚裡，有雨水落進我透澈的雙眸裡。
我抱著吉他，寫了一首這樣的歌——

《明天》

搭上一輛車　聽著第一百萬首歌
無憂無慮的風就帶我去銀河
你想要說的　我會永遠好好記得
不要忘記太陽沉沒的時刻

你說　眼睛不像月亮清澈
說真話的時候有哭泣的顏色
我們　愛的再多都是忐忑
努力到了最後反而別無選擇

你要的明天　永遠都不會再來了
你說這就是你想要的快樂

你要的明天　永遠都不會再有了
你說這就是你所謂的快樂

一定會對這個世界感到失望的。那時候我是這麼想的。
這個世界有太多太多我不曾見過的樣子，想像得出或是想像不出的場景，是海洋裡溶解的冰川雪塊，是峽谷中一傾千里的颯颯疾風，是草原上奔騰湧起的半邊浮雲，是日月星辰，是天地人神，是我未曾遇見過的一千零一種絕色。
就在我丟失錢包的時候，在我遇見壞人不知所措的時候，在我處處碰壁覺得無路可走的時候，在生活中的紛擾心緒而感到痛苦萎靡的時候，在四下無人無數個因為失眠而想要離開世界的時候，在靈魂開始腐朽的時候，在丟失自己的時候。太多太多了。
所以說，一定會有失望的瞬間，對嗎。
這也代表著，我們曾經對於世界充滿無止境的期望，對不對。

往更遠的地方去。

5

坐上了北海道新幹線，開往新函館北斗的隼はやぶさ5號，穿越津輕海峽，總計823公里，四個小時漫遊在山洞與森林間，如同一部悄然無聲的風景幻燈片，在眼前一幕幕呼嘯而過。在北海道見過極致的雪景，在京都見過層層疊疊紛揚的櫻花，在沖繩見過深邃無垠的大海，在鎌倉見過明亮張狂的天空。一幕幕絢爛的景致被剪裁下來，綿綿密密地縫進了人生漫漫無邊的傳記裡，匯成了心底一座無堅不摧的城。

無數座山川和湖泊，春來冬往，秋葉衰敗，從此也後會無期。

《海的日子》
輕輕地歌唱
我們寫下的日子不一定有光
腦海中記不下的燦爛幻想
就帶整座青春流浪
在世界飛揚

到不同的城市試著留戀難忘
曾經煙花火光都握在心上
不必再追逐著太陽

此刻的悠長
欲往我心中的海洋
站在夜半中央
這條路滿是熠熠光芒
湛藍的海浪

吹著的風都沒有憂傷
天與海在那端遙望
是風和日麗的美好　在彼方

是為了什麼而一直、一直往前走呢。

我花了十七年建構自己，十八歲幸福如夢，十九歲頹靡似醉，二十歲走向世界。皆大歡喜，從這裡看出去，就是世界。或許也有另一個更好的解釋，世界就是自己。

意義。

有什麼意義啊。

我不斷反覆思考著父親的提問，不像是學校裡靠著公式就能解出答案數學題，也不像是作文考卷裡能夠隨意胡亂鬼扯的創作題，那些關於人生、生命、生存的習題，一旦認真去較勁，就總是難以說出一個令人滿意的回答來。

像是在見過世界盡頭的光景後，你總是無法形容出當初的宏偉壯烈。

就像是——

像是——

是——

抵住胸口的無語凝噎，慌亂之中的言不由衷，一些文字失效的瞬間，反覆推敲過後依然沒辦法給出什麼稱得上道理的回答。

走這些路有什麼意義。唱歌有什麼意義。夢想有什麼意義。快樂有什麼意義。那悲傷呢？失落呢？焦灼不安呢？愉悅、興奮、感動、喜歡、討厭、嫉妒、緊張、痛苦、恐懼、瘋狂、壓抑、沉重，這些活在世間的萬千感受有什麼意義呢。天地你我之間的存在又有什麼意義。
說不出來。
像失語症一樣無能為力的頹唐。
人生或許有些事情真的找不到解答吧。
還是說或許最重要的，並不是所有問題的答案吧。

往更遠的地方去。
去吧，去成為更好的自己。
你總有那麼一次，需要為自己活著，而不為其他意義。

6

日記一篇。

去日本的時候，在吉祥寺的井之頭公園當街頭藝人，天氣炎熱，但是被樹木籠罩卻覺得陰涼。開唱之後，見過形形色色的人，有一群推著輪椅的療養院大姊姊們，她們經過時稱讚著我的歌很好聽，有一位日本老奶奶還特地停下來用日文對我說話，雖然聽不太懂，但大概的意思是「在這裡演奏歌曲是最棒的了，因為井之頭公園有著自己的音樂守護神，而妳的音樂很美妙，我很喜歡。」

在雪梨的時候，於自己訂好的日子來到了環形碼頭，卻好巧不巧發現當天有馬拉松活動，交通管制，街道被封起來，但我還是找到靠海邊的地方彈奏自己的歌。一開始有個家庭經過，小女孩投了錢讓我開始有了信心，期間也獲得很多鼓勵，但最讓我感動的是，有一位女子從頭聽到尾，在我收起樂器的時候，她一邊鼓掌一邊朝我走來，並且投錢跟我說了聲「Nice song」，真的很令人感動！

在澳洲認識了各國的朋友，有一次和法國、西班牙、泰國、日本、韓國、巴西、中國，也有台灣的朋友一起去吃飯，自從他們知道我會寫歌之後，一直慫恿我表演。那時候我唱了自己的一首歌，法國男孩 Martin 驚訝的睜大雙眼盯著我，跟我說：「妳的聲音太美了，真的好好聽」，西班牙女孩 Alba 對我說：「妳的歌很好聽，我覺得妳是個想做什麼就一定做得到的女孩。」那時候第一次覺得我的音樂傳到了世界，非常感動。

之後到了歐洲，從瑞典、丹麥，一路往南到德國、奧地利，抵達維也納，雖然沒有帶樂器，但在維也納的百水公寓也唱了自己的歌，看百水建築，在歐洲聖誕假期披著雪大聲唱歌。

還記得去歐洲的時候，我寫了《擁抱一場》這首歌，然後在人來人往的廣場裡演唱著。這是一首關於擁抱的歌，就在我唱完的當下，有個女生走了上來，擁抱了我，她的眼淚滴落在我的肩膀，輕輕的，卻滲進更深的地方。

怕憂傷　怕遺忘　停滯在時間的長廊
迷失於幽藍的汪洋
尋找那僅存一絲絲的光亮
不夠相信成了最大的路障
不勇敢就無法乘風破浪
抬頭仰望　重拾動力向前出航
一切都封藏　在我的心房
所有美好時光　成了造避風港的力量
大聲高唱　閃耀的願望
把幸福釀成繽紛燦爛盈滿愛的糖
不要害怕
孤寂全都化作雪霜　迎來明日綻陽
盡情笑一笑　我們來深深的擁抱一場

人們來來去去，我第一次感到生命並非來日方長，我慶幸自己走往未知的世界，尋找著或許並不存在的答案，我抓不住意義，抓不住任何歲月的痕跡，但我能從這裡往前走，走到想要去的地方，走到地老天荒。

並沒有以後要怎樣怎樣，要麼就是現在，要麼就是不再。其實很簡單的，無論愛情、親情還是友情，想到就去做吧、想念就打給他吧、喜歡就說出口吧、難過就掉眼淚吧，就像下了雨就要撐傘一樣自然而然地出自身體的反應，好好付諸行動去實現心裡所想的。要知道很多事過了就真的過了，就像你再也看不見現在抬起頭看見的那片雲，也就像你不可能再摘下同一朵花，逾時便不候，錯過就一輩子。

什麼都需要意義嗎。

只要你喜歡，就是一切的意義啊。

7

其實不一定要有什麼意義吧。

突然想要到遙遠的地方吃好吃的芋圓；今天沒有走平常的路線回家，多繞了一圈，多花了一點時間，多走了一些路；去旅行的時候，突然哪都不想去，在飯店待了整整一天；醒來時想喝杯冰拿鐵，穿著睡衣帶著錢包就出門去買；突然想要唱歌，自己一個去KTV唱了四個小時，心滿意足；躺在床上睡了一天，吹冷氣真舒服；反反覆覆把一部劇看了七次，也還是會在同一個情節流眼淚；瘋狂聽一首喜歡的歌直到聽膩；穿越千里，看一場喜歡的樂團的演唱會；在山谷中放肆大喊大叫，直到累到不能說話；深夜睡不著的時候騎著腳踏車出去，前所未有地感到自由自在；今天喝的奶茶裡不想加糖；莫名其妙地躲在被窩裡大哭一場，誰也找不到；考完試後想燒掉那些曾經讓我焦頭爛額的課本；丟掉從前很喜歡的玩具；買一件自己毫不需要的物品；大庭廣眾下聽著音樂，身體輕輕地擺動著；用手機對著月亮拍照，卻拍到一團糊糊的白光；對陌生人說起了自己最深最深的心事；結束一段你曾經很珍惜的關係；愛上一個遙遠的人；不可自拔地討厭著自己；有著許多不可言喻的悲傷。

也不一定要有意義吧。

畢竟生命並不是命題寫作，並不需要必問必答。

睜開眼閉上眼，喜樂以及悲愁，白天與黑夜，你和我，原本都是天南地北的事物，所以也只是人類把它們連在一起才賦予它們新的意義。

但我沒有那麼多的時間了，短短的一生裡，我只管做想做的事，來不及去思考這些隆重又嚴肅的話題，也來不及去明白這世間的種種道理。面對喜歡的事物時，我只管用盡全力去喜歡；面對路迢途遠時，我只管拼命地往更遠的地方去；面對天地萬物時，我只管熱烈地去感受歡愉或惆悵。

入春了，終於攜著暖海一同到來，如想像中溫暖，如夢境中柔軟，像擁抱的味道，永遠幸福的感覺深刻入心骨，就像星星碎浪的笑顏難掩。

只管真切地活著。

二十歲這年像是在夜半散步，我走得很慢，不過走得很好。我還是喜歡足夠冷的天，能穿夠厚的毛衣。就像適當的季節能讓人擁抱，當完美與快樂真的來到，捨棄所有行程，讓意義自己建構意義，我終於能用自己的眼睛看這個遼廣的世界。

月亮有自己的情懷，也有躲避不了的盈虧，我不會為我成為一顆銷聲匿跡的星辰而覺得抱歉，最渺茫的星辰也會擁有自己的星軌，不一定要借及月亮的光，即使黯淡，也極其偉大。

前陣子認識到一種植物，叫做空氣草。

又名空氣鳳梨。不需要水培、不需要土栽、懸掛在空中就能自由生長，顧名思義，光是「吃」空氣就能長大。

如果我們的生命也簡單得像空氣草就好了。

就想說說，吶，其實也沒什麼特別的意義呢。

像是我寫了一百首歌給自己。

吶，其實也沒什麼特別的意義呢。

《心的日子》

好比　在半夜散步

沒有傷心的行程
我在流淺光之堤
這裡是最美好完整的我　看明亮的未來

我在春天游泳　夏天下雪　所有愛人都不覺得冷
慢速公路就建在海中央　每顆心都像一座港
我們大聲高唱幸福的歌
一邊深深擁抱一邊狂歡起舞

我們　許願永遠幸福
自由自在用心的活
走的日子都藏在詩裡
擁抱　那些哭泣的歌
讓他成為美麗的眷戀
眼裡看見的都是煙花火光

8

想去冰島遇見極光。
想親眼目睹宇宙洪荒。
想愛上一個射手座的人。
想在巴黎的街頭熱烈親吻。
想吃一碗沒有香菜的酸辣粉。
想喝一杯半糖少冰的珍珠奶茶。
想去世界的盡頭看看是什麼樣子。
想和已經離我而去的人好好地告別。
想當一次飛蛾去享受奮不顧身的感覺。
想養一隻貓，沒事的時候揉揉牠的腦袋。
想寫一本關於自己的書，讓歲月有所回顧。
想瘋狂喜歡一個偶像，讓他成為我生活的光。

結束了一段旅程，手拎著左一袋右一袋，身體累得沒有半點力氣前進了，一躺上床就能夠睡著的那一種，然後收到朋友的訊息。

——回來了嗎？

——嗯啊。

——還去嗎？

——會吧。

——去哪呢？

——去哪都可以啊。

五月如期地到來，和初夏一起。

有遠方暗起的點點星光，有連夜發起的碎碎悶雨，有日光細灑的暖暖斜陽，有月光淺照，有微風輕拂，有熱望，也有心盼。你以為春天萌新芽，實是初夏起盼花。我還想要熱愛萬物，不如就此別過遺憾，不願再去執著失去，然後繼續邊走邊愛。

一切似乎剛剛好，就等你來。

我還有大把時光，我依然不明白世間道理，我只想成為我自己。

我相信，總有一天，會生出美好之歌。

——將此獻給BC．記念所有年少的流浪

輯二

想念年少

離別後緬懷

「舊時光裡有你的陪伴，我的青春也算是無憾。」

0

嘿，親愛的：

你過得好嗎？你還記得最後我和你說的話嗎？

你說青春是什麼模樣？

是校門前一起遲到罰站的時光，還是公園豔陽下對於未來的幻想？

是失戀時予以對方的溫暖胸膛，還是午後撒謊蹺課看電影的插曲？

青春的樣子，是與你結伴的所有年日。

未來那麼遠，也許那個時候的我們都不怕告別吧。

後來我一直都在想，告別這件事我們為什麼沒能更早的發現，更早地好好告別。也許當時我們都不太懂得，告別的意味不單純是結束，而更多的，是開始，一種旅程新的開始。

過去的我們，憧憬現在的我們。

現在的我們，想著未來的我們。

未來的我們，懷念過去的我們。

或許最珍貴的從來不是絢爛如花的回憶，而是與你結伴的點滴。是你賦予了我的青春的意義，慶幸是你，陪我走過這一段難忘。溫潤了時光，也磨礪了歲月。

我們都要和過去告別了呢。但是我很感謝，能帶著這些時光走向未來。

青春有你甚好。

1

七點五十三分。

少槿在地鐵上焦灼地看著這一站的門緩緩地關上，車廂裡擠得不像話，她好不容易帶著那沉重的書包翻了一個身，黑色皮鞋忍不住在地板上緊張地打著拍子——

哎呀怎麼辦遲到了！

地鐵飛快地進入了隧道，玻璃窗外的風景被撲面而來的黑暗取而代之。趕時間的時候，最令人焦慮的不是那段你能夠用跑來減少時間的路程，而是這段在交通工具裡頭被固定好的行車時間。她又看了看錶，兩分鐘過去了。

約好四十五分見面的，她想，搞不好對方已經不等她了呢。

五十六分，地鐵進站後速度緩慢下來，她把自己的身體縮到最小，從那些高大的「大人」底下匍匐而行，車廂還未停定之先，她就挪到車門前面。

五十七分，車門一開，她以運動員的姿態一個箭步跨出去，往著站外約定好的位置衝去，遠遠一看，沒有見著腦海中預想的人，腳步頓時僵在了原地，果然還是走了啊！

但是時間也不容許她躊躇，她馬上重新拾回剛剛的速度，往出口匆匆跑去。

「少槿——！」

她的身後傳來熟悉的聲音，少槿倏地回頭，那個在她腦海裡的臉孔和面前的臉孔沒有誤差地重疊在一起。

若安從遠處的另一邊朝少槿走來，即使再慌忙，她仍然是那個一絲不苟，溫柔如一的少女，少槿一眼就能從萬千人群之中看見她。

少槿給她比個「快來快來」的手勢，若安急步往前趕到了她的身旁，然後把手中吃了一半的蛋糕遞給了少槿。

「我們不是約四十五分嗎？」若安邊走邊說。

「少來，我看見妳也從這輛地鐵走下來的。」

她們看了對方一眼，不約而同地笑了起來，真是服了對方，也太了解對方的性格，彷彿早就預知了能夠在同一個時間出現，而提早為對方省去等待的時間。

八點了。

「喂，要遲到了。」

遠處傳來學校的打鐘聲，少槿把書包背好，一手拿著蛋糕，一手抓起了若安的手，從老遠的地方就開始奔跑了起來。身後不止她們倆，望眼看去，那些穿著相同服裝的人們也開始拔腿就跑，彷彿每個早晨都會在學校門前上演一場校運會的比賽。

大門被緩緩地關了起來，那短短幾秒鐘的關門時間，在此刻被無盡地放大，如同電視機裡以四分之一格速放慢的鏡頭中，看得見她們的頭髮被風吹過，裙襬的褶皺被重新排列，以及腳步落地的弧度，全都完美地呈現在顯微鏡裡。

「轟」地一聲，大門在她們面前被狠狠地關了起來。

從門中能夠清晰地看見教導主任那一臉高傲的表情。

她們這才停下了腳步，大口地喘著氣，只好在大門旁邊的小門排著隊，等著被登記「遲到」。

彷彿是在厚厚一疊的人生閱歷裡頭用螢光筆做標記，有些時光在記憶裡微妙地鮮明起來，於是在後來的日子，每一次從萬千片段之中，都能清晰地一眼尋到那些被自己圈畫起來的醒目記號。

這些都只是日常裡最平凡的一頁，是一本冗長的典藉裡最容易忽視的角落，甚至在翻頁的時候，不小心連續兩頁黏在一起，翻過去也不會發現錯落了一頁，如此細碎的畫面。

像深夜大雨過後的清晨裡逐漸淡去那一地似有若無的雨漬。

像教室裡每天被寫滿又擦掉來來回回數十次的墨綠色黑板。

像夕陽餘暉映照下被拉得又長又遠的影子消失在街衢末處。

似乎有什麼在舊時光裡徐徐碾過，卻又好像什麼都沒發生。

我們的生命總是如此。

又滿，又空。

2

「若安，走吧——」

少槿從教室的末端朝向另外一頭的她說。

班裡的同學在下課之後就開始吵鬧起來，銘希、邱翊然、蘇昀幾個人聚在一起聊著一些無關重要的話題，若安聽見少槿的聲音就轉過來對她點頭。

少槿把不用的課本都塞進抽屜裡面，快速地收拾好書包，走到了他們身旁。
「少槿，妳今天被老師表揚的作文能借我看嗎？」
蘇昀笑著問她，她大咧咧地笑了笑：「行啊，妳等下自己在我抽屜裡面翻吧。」
「妳怎麼每次作文都可以拿那麼高分？」
「我也只有作文可以拿高分了哈哈哈，妳看看我數學，每一次都不及格。」
少槿嘆了口氣，轉頭望向若安，「明天要交的英語作業，借我抄一下哈。」
「好呀，給。」若安翻出自己已經寫好的英語作業，遞給了她。
班裡的人都知道，少槿和若安，一個喜歡中文，一個喜歡英文；一個活潑，一個沉靜；一個粗心大意，一個心思細膩，既是如此的獨特，又如此的相似。在所有人的認知裡面，她和她就像雙生兒一樣，走到哪裡都少不了對方的身影。

「少槿、若安，等下要不要和我們一起去吃新開的甜品店？」翊然對她們說。
「啊？我們要去喝珍奶。」
少槿張開口笑，得意地拒絕了他。
「又喝珍奶？每天喝都不會膩嗎？」
少槿和若安甚至沒有看彼此一眼，卻能異口同聲地說：「不會。」

若安慢條斯理地整理自己的課本，她呢，從來都給人一身溫文儒雅的氣息，其他人在聊天的時候，她偶爾會說上兩句，大部分的時候都在聆聽著，然後在一旁頻頻點頭。相對來說，少槿就是一個比較活潑外向的女孩，跟其他人都合得來，也很好相處，大咧咧地，總是笑得沒心沒肺，那些若安沒能說出口的話大部分都是由少槿替她說的。

而其他人也知道，她們兩個人的世界，並沒有多餘的縫隙能讓別人滲入。

「走吧。」

「嗯。」

少槿、若安和他們揮手告別，兩個人緩緩走出了教室，像過往無數個日子一樣。

六年的時間算是一個什麼樣的單位呢？

如果用上一生來計算，也許就是三萬多天裡兩千天的日子。但如果是用青春作為計算單位，也就是人生裡面被稱為最燦爛的花季的那幾年光陰，六年，大概幾乎是全部吧。排列在清單裡最顯眼的位置中，等同電影裡最高潮的一部分，等同試卷中最後一道題佔分的比例，等同她們在彼此生命中佔據的時光。

或許也是這樣，日復一日的韶華再怎麼特別，最終也會落為日常，日常會成為習慣，習慣會讓記憶渙散，渙散使人遺忘。就是這些在不計其數的沙子堆砌成這座時光的堡壘，她們安然地生活在裡頭，一起看落日長河，五冬六夏。

從學校到若安家是三個地鐵站的距離，再從若安家到少槿家是一個地鐵站的距離。在她和她的家中間有一個叫做常寧公園的地方，其實也不能算是什麼秘密基地，不過就是一些熟悉的地方，特定的長椅，有著屬於對方的位置。

明明坐地鐵回家的路程只需要不到半個小時，她們卻走慢了彼此回家的路，把一些瑣碎的時光變得柔軟和光亮。

下課後的天空被夕陽燒成一片橘黃，慢慢地隨著時間的流動而轉變成橙紅，一路把兩人並肩的身影映得一地頎長，校服的裙襬彷彿都能在那一刻定格。少女喜歡勾搭著對方的小手，買了一杯珍珠奶茶可以分著來喝。她說她的書包有點重，她便幫她拎了幾本書捧在手上。

「若安，妳想過以後要去哪裡嗎？」少槿總是這樣問她。

而她總是搖頭，沒有說出一個答案。也許未來太過於模糊而巨大，任何具體的關於夢想的影像，與龐大剛勁的未來相比都是以卵擊石，無語凝噎。

少槿和若安不一樣，她是個對未來有著極致盼望的人，她對若安說，以後想當個作家。

「寫什麼呢？」若安問。

「什麼都可以，寫小說、寫散文，然後總有一天也可以把我們的故事寫下來。」少槿看著若安笑了，眼底盡是溫柔。

「那我……想要環遊世界，去好多的地方。」

「好呀。」

「我們可以租一個房子一起生活。」

「妳負責煮飯，我負責洗碗。」

「我出國的時候，妳在家寫文、打掃家裡。」

「到時候我們都會有男朋友吧，我們四個人可以一起情侶旅行。」

「可以幫我們拍好多漂亮的照片。」

「那些照片可以貼滿我們的家。」

「如果能夠一起結婚就好了。」

「那麼久以後的事情……」

「想一下都覺得好美好啊！」

——是啊，我們會一直像現在這樣吧。

——會的，一直都會。

把珍珠奶茶的最後一口吸盡，把學校裡今天所有的八卦聊盡，把和喜歡的人的互動都講盡，天已經全然地暗滅下來。遠處的街燈一盞一盞地被點亮了起來，身後的無限光景就此燃亮起一個宇宙，時間被故意地撥慢，像是舊電影裡的某些場面被人按下了暫停，無聲地、悄悄地被定格在這個畫面。

十六歲的少女，心事和裙襬，約定與告別，是當時能夠伸手摘到的夢，是約定一起奔赴的未來。

少槿習慣把若安送回家後，再自己慢慢走回家。

臨走前，兩個人還牽著手，她把書遞給她，一如過往聲音的溫度：「明天見。」

「嗯，明天見。」

「妳別遲到。」

「妳才不要遲到。」

明天見吧。

像是過往那幾百上千天的日子一樣，理所當然地明天見吧，明天的明天也會見吧。在一直沒有盡頭的明天裡，見吧。

那些所謂的別離，在十幾歲的她們眼裡，是如同明天見的存在，像是沒有盡頭的骨牌，無論用什麼速度向下一塊傾倒也永遠無法抵達終點。未來被放在骨牌的最終目的地，日子一塊接著一塊到來，卻也因為時間的巨大而遙遙望不見去向。

也許未來還太遠，所以從未懼怕告別。

3

若安收到少槿的訊息，是晚上十一點多的時候。

沒多寫什麼，就四個字——出來陪我。

她沒有多想，就拿著手機到她們常去的常寧公園。

快要十二點，街上的路人甚是稀少，只剩上孤寂的街燈點亮著那條她們熟悉的路。已經十二月底的日子，天氣冷得讓人哆嗦發抖，每一下呼吸都能吐出一圈沉沉的白氣，颼颼冷風把露出外面的皮膚都吹得通紅。

若安緩緩地慢步走到公園，那個屬於她們的長椅。

遠處，她能看見一個細小身影，縮在長椅的一角，路燈的黃暈輕輕地覆蓋在那人的身上，風悄悄吹拂過她的頭髮。她知道是她，是她的她。

若安慢慢地走近，輕得像是沒有一絲聲響，直到她站到了少槿的面前，影子漸漸從小到大映覆在少槿的身上。

本來縮成一團的少槿感到突如其來的黑暗，默默地抬起頭。

若安在那一瞬間感到前所未有的訝異，少槿抬起來的雙眼裡，有著大顆大顆的淚珠掛在眼眸上，卻倔強憋紅了眼睛不讓它落下。

少槿身上穿得單薄，向來不怕冷的她竟也開始微微地顫抖了起來。

「怎麼了——」若安走得更近了，背光的她想要更清楚地看見少槿的臉。

「我……」少槿一開口，眼眸就掛不住淚珠，潸然落下，聲音哽咽得幾乎發不出聲：「……我失去他了啊……」

那是她的初戀。

像是懸在半空的心臟找不到栓住的鎖而高速地往下墜落，碎成一地的尖銳殘骸。

若安二話不說，她打開自己身上穿著的大衣，走上前把少槿緊緊地包裹住。

少槿的眼前如同被關了燈閘，她終於可以卸下所有要強的脾氣，那些不能被人發現的樣貌得以展露無遺，那些逞強的歡笑得以一棄置之，她在她巨大的溫柔下放聲痛哭。

她抱著她，低聲對她說：「沒事的，我在呢。」

在被攻城掠地的悲傷裡，她輕易地接住了她的墜落。

如同在洶湧的暗潮中抓住一根浮木，這根浮木在碩大又激切的浩海裡就等同是一座島般的珍貴，是可以讓她擱淺的地方，是可以讓她依靠的海岸。

也許不需要多說什麼安慰的話，不需要追究背後的原因，不需要給予什麼樣的答案，僅僅是陪伴就足夠撫平世上一切的波瀾。

那一年的冬天，少槿失去了她的少年。

後來回頭再看那段回憶時少槿才發現，這麼多年來，她以為她失去了許多重要的東西，但從沒想過有些東西她未曾失去過。

這個世界上有那麼一個人，他不曾驚豔了你的歲月，不曾喧騰了你的時光，但是當你回頭去看整段浮沉的流年裡，早已滲透他的一點一滴。而所有的痕跡和脈絡歸根到底還是離不開他的陪伴，瑣碎得像是漏在齒輪裡的沙，成了最溫暖的皈依。

「好點了嗎？」

若安撫著她的背，感受得到她的身體漸漸地回暖起來。

「嗯，」少槿嗅了下鼻子，雙手用力地往眼睛一抹，終於抬起頭看她，笑眼裡有淚花，「沒事了。」

「回家吧。」若安牽起少槿的手。

凌晨時分，世界靜得像是一隻睡著了的獸，外面的冷風刺骨淒清，走在這樣的路上像是一艘逆水而上的小船，走得磕磕絆絆、踉踉蹌蹌。

然而——

和一些人在一起的時候，就能把一條蕭疏的路走成萬里晴空。

4

「等下要不要去看電影？」

午休的時候，少槿整理好自己吃完的餐盒，靜悄悄地問若安。

「晚上嗎？」若安順便把桌上擦一擦。

「待會，下午。」

少槿露出黠慧的眼神，甚至還能在裡頭找到一絲奸詐的意味。

「下午？我們要上課啊……」若安理所當然地回應，而後想一想，又有點不解地說：「妳不會是想……」

若安心裡突然覺得不對，少槿不知道又想到什麼鬼點子，像她那麼古靈精怪的人，總是能想出一些自己意想不到的東西。

「蹺課去看電影吧。」

少槿接上了她的話，再靠近若安的耳朵，機密地對她說：「假裝不舒服請假出去就好啦，我不想上下午的體育課。」
「老師會發現吧？」
「這樣吧，我們假裝是家長打電話到學校請假就好啦。」
若安緊皺了一下眉，她沒做過像這樣在老師眼中是「壞學生」的事情。
「體育課多沒意思啊，又不耽誤到其他科目的學習。去嘛，我想看的電影今天最後一天上映了，去嘛，陪我去看嘛……」
少槿誠懇地抓住若安的手，輕輕搖晃著，用軟懦的語氣請求她。
「……好吧。」若安還是無可奈何地妥協了。
其實，少槿知道最終還是會答應她的請求的，在過去的那些日子，儘管若安也並不怎麼喜歡某些事情，但只要是她要求的，若安總是會答應。當然，十幾歲的女孩哪會提出什麼過份的要求，不過就是想要在那冗長沉悶的時光裡，偷一點歡愉的時刻給彼此；不過是想要在什麼都還不懂的年月裡，留下一些跟彼此有關的回憶，讓不爭朝夕的歲月都有所回顧。

第二天。
老師沒有放過她們兩個的「壞事」，如悲傷的預感一次都沒有錯落般，還是發現了她們「說謊」請假這件事。
被導師叫到教室外面狠狠地罵了一頓。

「你們家長知道這件事嗎？」

少槿和若安搖頭，把頭低下，表示著自己的難過和歉意。

「兩個回去給我寫檢討書。」

「老師……是我慫恿若安陪我出去的……跟她沒有關係。」少槿抬起頭，好不容易鼓起勇氣跟老師說。若安睜大眼睛轉過來看著她。

老師無奈地嘆一下氣，心裡想，這兩個是以為自己在拍電視劇嗎，要為對方承擔錯誤。老師有點無語，搖一搖頭，語氣終於還是軟了下來：「少槿妳呀，那麼多古靈精怪的心思倒不如放在學習上面……我知道妳們是好朋友，但是這樣是不對的，妳知道嗎？」

「知道了。」少槿低下頭，聲音慢慢地越來越小。

「兩個回去寫檢討書，明天交給我。」

「是。」

少槿和若安唯唯諾諾地應道，慢慢地走回教室。

後面上課的時候，少槿把檢討書藏在書本下面，以她作文的能力一兩節課就快速地寫好了。她轉過去看著坐在離她不遠處的若安，正專心上著英語課。

少槿從筆袋裡取出一張便條紙，在上面簡短地寫了幾個字，然後把它揉成了一團，趁老師在寫黑板的時候扔到若安的身上。

若安接到紙條，不解地看了她一眼，緩緩地在抽屜下面打開紙條。

——對不起。

過一陣子，若安在紙條上寫下她秀氣的字，再透過同學的傳遞送到了少槿的手上。

——其實我也不想上體育課：）

少槿看見了她寫的話，又抬起頭深深地望了若安一眼，兩個人不約而同地笑了一下。

大家都說學生時期的日子裡總該有過一次蹺課，總有會那麼一次會讓你記住很久很久的日子，也許在其他人眼中不過就是一個下午的時光，不過也就是一部電影、一個場景、一些對話，或是一些沒來得及實現的諾言，都足夠在瘠地生花，把重複的情節變得耀眼特別。

後來的很久以後，她都會回想起那一天。

她拉著她的手，悄然地從學校側口逃去，白色淨潔的校裙隨著腳步擺動著，那一條她們每天都會經過的小路變得驚心動魄。不時回頭望有沒有老師注意到了自己，心裡面甚是膽怯，但更多的是興奮和快樂，充塞著那兩顆跳動的心臟。
少槿甚至都記不起來一些細節，不記得是看什麼電影，當天有沒有吃爆米花，喝的是可樂還是雪碧，之後去了哪些地方閒逛，是坐車回家還是走路回家，這些她都不記得。
唯一記得的是那天少女臉上歡脫的笑容，永遠凝固定格在相框裡面似的，重重地刻在了她心上顯眼的位置。

5

若安永遠記得那一天。
她接到警察局的電話，掛下電話時手還是顫抖著，整個人頭昏腦脹的，跌跌撞撞地走出自己的家門，不知道怎麼坐上計程車的，又怎麼抵達警察局。她僅用了全身唯一的力氣和意識，撥了電話給少槿，具體說了些什麼，她記不起來，話也說得不太清楚，她依稀聽到少槿強而有力的聲音，她說，等我回來。
若安抵達警察局，她沒敢走進去。
這一年她十七歲，活著那麼大的人，一直都跟「壞」這個字扯不上關係，讀書也就普普通通，成績再怎麼不好也一定不會差到哪裡去。溫柔如她一般的小女生，平常說話也不帶一個髒字，不會做什麼越軌的行為，在所有大人眼裡，關於她的關鍵字從來都只有乖巧、聽話、沉靜、溫柔等，那些在這些詞語以外的一切，都無法和她產生連結。她願意成為這樣的存在，即使偶爾膽小懦弱不會被人關注，但也從來不曾受到質疑或鄙視，她可以不用勇敢也不用出眾，像是躲在殼裡的蝸牛，所有事都與她無關，為此她覺得無比的心安。

她坐在警察局門外，體寒的她身體一下子就冰冷得不像話。

當少槿趕到的時候，她看見若安一個人縮在一角，臉上有風乾的淚痕。

「走，我陪妳進去。」

少槿把她慢慢地扶起來，溫暖的手緊拉著她冰冷的手，走在她的前面；若安能感覺到少槿的手也在微微地顫著，表情卻處之泰然。

後來若安回想起來，才慢慢懂得，其實少槿也是害怕的，也是不安的。只是在她們兩人關係裡頭，她是較為堅強又較為勇敢的一個，所以她願意走在她的前面，願意收起所有的慌忙和張皇，願意給她心安和依靠。

若安的妹妹做錯事了，在學校偷了同學的錢，因為金額有點大，家長執意要報警，校方也難以單方面去處理這件事情，就打電話到家裡，希望雙方家長可以庭外和解。

在家中，若安是三姐妹裡最大的一個，所以做什麼事情都最乖巧，最不讓家人擔心。爸爸媽媽經常出差，家裡的大小事情都是若安在照顧的，即便她也就十七歲，也處於一個需要被人關懷和照料的年紀，所以她總是和少槿在一起，因為這樣她的心事才會有人在意，也只有在少槿的身旁，她才不用當一個大姐姐。

這麼多年後，若安才發現，少槿不僅是她的避風港，更是長夜裡穿透曉際的天光。

「妳們的家長呢？」負責此案的警察人員這樣問她。

少槿站在前頭，後方的若安仍然張口說不出一句話來，於是她替她說：「家長出差去了，不能前來。」

「那妳們有成年的其他監護人嗎？」

「沒有，就她一個，是那個女生的姐姐。」

「這樣啊……只能看被害人的家長有沒有要庭外和解了，但這件事也必須要告知家長才行。」

「已經打電話跟家人說明這件事了。」

若安走近她妹妹的身旁，旁邊還坐著對方的家長，那位母親一見是一個高中生前來，直眉瞪眼的臉容稍微緩和了一些。

「您好，我是她的姐姐。」

若安走上前，聲音顫抖著。

「應該讓妳們家長來，妳們知不知道她所作所為是犯法的啊，這件事有多嚴重妳們知道嗎？」對方依然疾言厲色，緊皺著眉頭，聲音怒嗔。

在一旁的少槿也走上前，聲音低微又帶著一點討好的意味：「阿姨真的非常抱歉，因為現在家裡也沒有大人可以到來，家長都出差了，家裡只有姐姐可以出面來處理這件事……的確妹妹真的犯了很嚴重的錯，我們也不能辯駁，是真的錯得很離譜。但是妹妹今年才十五歲，我知道這不能成為犯罪的理由，也知道是因為我們沒有管教好所以才會出這種問題，我們難辭其咎，也只能這樣跟您說聲對不起，真的希望您能給她一次機會……」

若安是個不擅言辭的人，她也沒有少槿那麼圓融，她靜靜地聽少槿為她解釋，蹚這跟她自己無關的渾水，悄然又落下了眼淚。

她深深地向對方的母親賠了不是，花了一些時間說服對方，對方的態度不再那麼強硬，阿姨也知道不是這兩個女生的錯，見這兩個高中生實在可憐，也不忍過於苛刻，於是放過她們。而若安也好好地在阿姨的面前打電話給媽媽，讓雙方得以順利溝通，接著也把錢原原本本地還給阿姨，這件事算是暫時解決了。

當若安領著妹妹走出警察局的時候，天色已是夜晚時分。

少槿站在兩姐妹的中間也不好多說些什麼，便機靈地對若安說：「我走啦，明天學校見。」

「嗯，明天見。」

此時若安點點頭，一句謝謝卻哽在了喉嚨。

她目隨著少槿的背影漸漸地越發縮小，融進這樣一個秋高氣肅的夜裡。

這個世界上有那麼一個人，他會替你抵擋這個世界上的鋒利，會替你遮蔽所有張狂的雨滴，你只要躲到他的身旁，他就會替你勇敢，守著你的柔軟和懦弱，告訴你別怕這個險惡的世間，告訴你外面的驚濤駭浪都不過是淺水浮波。他情願陪你坐看火樹銀花，也心甘伴你看洪流喑啞。

若安難以想像失去少槿的自己會是什麼樣子。

對啊，大概就像沒了月亮的夜晚，缺了臂彎的將軍，少了盼望的明天，丟了青春的人生，怎麼說都是遺憾，怎麼補都是缺憾。

6

高二的那一年，若安被選為班長。

主要還是因為她平常予人的感覺都太過沉靜穩重，而她向來都是慢條斯理地把自己的事情處理得非常好，就被同學推舉為班長，而她自己倒也不是特別討厭這件事。

直到有一次，她冒失地把班費弄丟了。

那天早會若安把班費都收集好，裝進信封袋，然後放進抽屜裡。
上午課的小休時，她離開座位陪少槿去福利社買零食再回到座位，她發現那裝著班費的信封不翼而飛。
她如同被雷當頭劈中似的，身體一下子失去了動彈的力氣，腦袋裡晃過這段時間裡所有的記憶，企圖想要在意識裡面找到一個與那信封相關的片段。然而，沒有，什麼都沒有，記憶中沒有任何有用的線索可以給她參考。
她停頓在原地，手足無措地把自己的抽屜翻了幾千遍。
沒有，還是沒有。

離她不遠的少槿注意到了她的異樣，走到她的身旁，輕聲問她怎麼了。
若安如機械般僵硬的聲音，艱難地道：「錢……不見了……」
「什麼？真的假的啊！」
少槿瞪大眼睛看著她，嘴巴張得大大的，她蹲下來又再仔細翻查一下若安的抽屜，真的沒有，又把她抽屜裡的書本打開翻了一遍，不放過任何一個端倪。
還是沒有，一個信封就這樣子消失在她的抽屜裡。
旁邊的男同學見她們兩個緊張兮兮的，湊過來看看是怎麼一回事。

蘇昀好奇地走近，問她們：「妳們在找什麼啊？」

「班費。」少槿沒敢大聲地說，靠近蘇昀的耳朵幽幽地說。

好死不死旁邊的男同學碰巧也聽見了，驚訝地大喊：「班費不見啦？」

完了，徹底地完了。

少槿轉過頭狠狠地瞪了男同學一眼，讓他閉嘴。

然而他的聲音已經響徹整個班上，所有人都聽見了，開始交頭接耳地討論，本來太平無恙的教室一下子吵鬧得像是夜市一樣，你一言我一語地批評和論斷這件事。

突然沸騰的班裡，有一把特別尖利的聲音，不輕不重地撞進了若安的耳朵裡——

「她的妹妹也曾因為偷錢而被抓進警察局啊，搞不好，她也把我們的錢給偷了，這種事誰都說不準——」

沒等那個叫曉暄的女同學說完，少槿「砰」一聲雙手大力地往自己的桌子一拍，從位子站了起來，響亮的聲音一下打斷了曉暄的話：「妳說什麼——」

班上一下子被少槿的聲音嚇得倏地肅靜，一片死寂沒有人敢說一句話，靜得彷彿連一隻蒼蠅展翼飛過也能夠聽得見。

全場聽見曉暄的話都震驚地望著若安，一下子，所有人關注的目光都朝她而去，像是一根根尖刻的針同時刺向她一樣，臉頰被火辣辣地燃燒起來，委屈得讓她想哭。

少槿猛地走到曉暄的面前，生硬地語氣一字一字地說：「妳、再、說、一、遍！」

若安眼睛馬上通紅起來，她走上前拉住了少槿，很輕很輕地聲音叫少槿算了，她不想少槿為了她而惹什麼事，她知道這件事情她百口莫辯，再多的解釋聽起來也都是掩飾。

少槿把她拉到自己身後，又再壓低聲音對曉暄說：「妳再說一遍試試看。」

「我弟弟和若安的妹妹同一所學校，他說那天她妹妹被人抓進警察局，誰知道兩姐妹會不會做一樣的事……」

曉暄盛氣凌人的姿態被少槿突如其來的氣勢打垮了，明顯有點卻步，聲音沒有剛才那麼堂堂正正，卻又像是在細聲抱怨。

「——妳他媽給我閉嘴！」

少槿憤怒地揪起了曉暄的校服，咬牙切齒地說道。

在一旁的蘇昀也看不下去了，馬上拉住了少槿，她對曉暄冷冷地說：「這件事跟她妹妹又有什麼關係？事情在查清楚前，誰都不能誣賴若安。」

「對啊，我們先弄清楚是怎麼一回事。」

邱翊然站出來對大家說，既沒有偏頗若安，也沒有承認曉暄的說法。

「在吵什麼呢？」

班導的聲音驀地穿透偌大的教室，所有人頓時安靜下來，開始默默地走回自己的位置上。

「若安，妳出來一下。」

被叫到的若安身體猝然震了一下，本來低著頭的她伸手快速地擦乾了自己的眼淚，無聲地站了起來，越過所有人質疑的眼光，和班主任一起走出了教室。

少槿的目光一直停留在玻璃窗外若安的身上，她著急地向外張望著，只見老師神情凝重地指著若安說教，而若安一邊擦著眼淚，一邊唯唯諾諾地點頭。

沒多久，若安默默地低頭走回了自己的位子。

小休結束的鐘聲此刻響起，班導也走了，少槿見下一節課的老師還沒到，就跑到了若安的桌邊，問她怎麼了。

若安一頓一頓小聲地說：「老師說……信封夾在數學作業裡繳出去了……就罵我怎麼這麼大意……」

所有人屏息聽她說道，終於可以鬆一口氣。

若安說著說著終於還是忍不住哭了，哽咽地說：「我真的不是故意的……我沒有偷大家的錢……」

「聽、見、沒、有！有些人就喜歡扭曲事實、含血噴人！」

少槿一把把她抱進懷裡，眼角掃過曉暄，聲音又故意提高了些。

曉暄不服氣地反駁：「妳說誰呢?!」

「還有誰呢？」

少槿鬆開了若安，轉過來面向曉暄，得意地笑了一下。

在其他人看不見的角落裡，若安扯了一下少槿的校服，示意她算了，別跟其他人計較了。

這時，少槿轉回來從口袋裡取出衛生紙遞給了她，讓她別哭了。

若安把眼淚擦乾之後，走到講台上面向大家，對大家鄭重地道了歉。

「哎呀，沒事啦，找回就好啦！」

「對啊，誰都會不小心嘛！」

事情算是有驚無險地告一段落。

（在那之後，少槿就從沒看曉暄順眼過。）

這也成了高中學校生活中最特別的一段回憶。從前的時光是這樣的存在，即使多壞、多潦倒、多悲傷的事件，到了很久以後，當我們回想起來之時，都會隨著時間的流動一點點地變得與眾不同起來。時間把好的壞的片段都變成了一種紀念，一種關於青春的紀念，好的回憶讓我們會心一笑，壞的回憶讓我們釋懷地笑。

但是，這段回憶對於若安而言，好的成份比起壞的成份要多一些。

至少在那麼久之後，她都記得那天少槿擋在她的面前，面對曉暄的指控，面對所有人懷疑的目光，都能光明正大，沒有一絲膽怯和猶豫地站在她這一邊，做她堅固的圍牆，給她滴水不漏的防護，以及無條件的相信。

她能想到最美好的樣子，是少槿臉上的傲氣與清澈。

7

最後一天上課的日子，她們都哭了。

從踏進校門的那刻起，就彌漫著離別的氣息。

這個校園是她們待了六年的地方，六年以來，每天都花了絕大部分的時光，濃縮了所有夢想和日常，含括了所有努力和挫折，承載著所有歡快和奮身。一個名為青春的場所，一個絕無僅有的地方，一個在往後那麼多年回想起來，都充滿不捨和懷念的故址。

這些日復一日沉悶的日子終於變成舊書裡泛黃的扉頁，隨著年年月月生蛀出潮濕的霉跡來。曾經說過想要趕快逃脫的時光，就這樣不知不覺走到了最終章。

頭頂上那把總是發出生鏽「吱啞」聲的風扇，那個藏著喜愛零食和小說的抽屜一角，連抬頭迎向窗櫺那抹如常刺眼的陽光也覺得憐惜。桌面上殘留著掃不乾淨的橡皮屑，做來做去分數總是不高的模擬考卷，午後的校園總是充斥著男生們的汗臭味，下課時分校園外的林蔭大道緩慢散步的情侶，還有那個總是陪在自己身旁的身影。

你以為是對於那個校園的不捨，只是對於和某些人一起經歷的地方而感到不捨；你真正捨不得的，不是這個地方，而是陪你在這個地方的人。

到了黃昏仍然不想回家，不願意那麼快把「最後」走完，以為這樣子就能永遠抓住這一朝的時光。學校的樹林後面很少人會經過，她們喜歡去那裡，坐在那裡，閉著眼睛，頭靠在一起，用一個耳機聽歌。

明明幾年還在想，以後的漫漫時光要如何快速地把它走完，怎料一瞬間，她們已經是學校裡最高的年級，走到校服即將過期的最後一天，把空空如也的青春填寫得滿滿當當，琳瑯滿目。有些事情總是到了事過境遷之後，才能拿出來細數和緬懷。

「妳還記不記得，我剛認識妳的時候，妳特別膽小，在大家面前連話都說不好。」少槿抬頭望著傾洩萬里的夕陽，眼眶中有黃日落前折射出的光芒。

「是啊，」若安不自覺地笑了笑，轉過頭來看她，「剛認識妳的時候我還以為妳是個大姐大，特別霸氣。」

「喂，我也是有少女的一面好不好！」

「是，所以跟那個誰分手的時候才哭得那麼難看，哈哈哈……」

「妳還好意思說我，妳不想想看妳在警察局的時候……」

少槿說著說著，又想要使壞，她知道若安特別怕癢，總是隔三岔五地就想要去抓弄她，弄得若安只能不停地閃躲。

時間把萬物都熬成繁盛錦簇的回憶，蒼白的歲月幾近經年，燦開出永遠無法忘懷的花季。

是那些歡快的笑容，讓青春在她們的記憶裡喧囂得無法無天。

因為這是最後一個能穿校服的日子，幾乎所有的同學都把自己後備的校服拿出來，讓同學用七彩斑爛的簽名筆在校服上寫下對自己想說的話。

若安在少槿的校服上寫——謝謝妳讓我的青春無憾。

少槿在若安的校服上寫——很久的以後，我們也要一起走。

若安還記得，入學第一天，坐在她身旁的少槿，笑得如五月未央的徭陽。她對她說槿字的意思是只在白天盛開的花植，燦爛一瞬，猶如綻放定格在夜空中的煙火。

若安、少槿，少安若槿。

她們的名字合起來就是年少長安只若一瞬花槿。

最後一天，她們站在校門口請朋友幫忙拍了一張照片，佔據了錢包裡的位置許多年。

被鑲在相框裡，是未曾加工過的燦爛笑容。

有些花滿枝椏的昨天，來日不再。

她們要奔向更遙遠的未來了。

8

若安拿到國外大學的入學通知書之後，兩人經歷了一次很長很長的冷戰。少槿給她發了三個字的訊息，若安竟無從回答。

——那我呢？

說好要一起租房子一起生活，說好妳煮飯我洗碗，說好在很久的以後都要一起走，說好彼此成就彼此的夢想，一起交男朋友之後一起旅行。說好的未來，妳卻突然有了其他的安排，而我像個傻子一樣被丟在原地，還獨自期待著和妳的約定。

那我呢？那我呢？

我被丟在很遙遠的昨天裡，還盼著那個與妳同行的未來。

那些遙遙無期的告別突然被擺放在眼前，一切都顯得模糊而失真。

在更巨大的時間和未來面前，我們總是被迫不得已地逼著往前。世界像是由蜘蛛網般絡繹不絕的道路所組成，每一個岔口都存在著無數個相遇和錯過。我們終將在路口分道揚鑣，各自迎向屬於各自的生活和憧憬，從前說過的諾言變成了一種時光的紀念，它紀念著我們曾經的夢想和熱望，也紀念著我們來不及實現的眷戀和張狂。

也許每一段歲月都總有一些遺憾吧。

若安走的那天，少槿沒有去送她，只給了她一封信。

兩人中間永遠都相差這一次告別，她有時候會想，是不是因為沒有告別，所以她們永遠都不曾離開過彼此，也因為這樣，才能在再見的時候一如既往地回到身邊熟悉的那個位置。

至此寬別，來時重逢，約定好成為一個更好的人。

若安：

知道妳要走後，我真的無比難受。我覺得是妳先背叛我們說好的約定。

可是後來我想，我不能夠阻止妳奔赴更美好的未來，即使我們不能夠再像從前一樣每天都待在一起。所以我祝福妳，答應我，妳一定要快樂，要比現在更快樂。

願妳少安，不止若槿。

9

當我對所有的事情都厭倦的時候，我就會想到你，想到你在這個世界的某個地方生活著，存在著，我就願意承受這一切。你的存在對我很重要。

——塞吉歐．李昂尼

——將此獻給阿恩．記念青春裡不可或缺的一段時光

你的美好似若晴天

「在你不喜歡自己的時候，讓我喜歡你吧。」

0

你要相信，會有一個人填滿你所有的缺口，瓦解你的遺憾，引渡你的迷途，斑斕你的歲月，擁護你的餘生。

1

世界是那樣縮成安靜的繭。

所有夏蟬的窸窣聲都逐漸遠去，那些落日的餘暉歸於地表，秋風過耳，流離薄涼。高二後的秋天，安河無意之中「拯救」了林微然。

那天夜晚，他們坐在學校的天台。

安河跟林微然說：「我喜歡寧瑄，但我被她狠狠拒絕了。」

林微然安靜地聽他訴說，眼前這個男孩，乾淨的短髮下是清晰又陽光的輪廓，長得不算是非常帥氣的那種男生，但卻總能覆上一層厚厚的溫暖。眼神氣息間流露出拙鈍的衝勁和熱誠，笑起來時彷彿能燃亮萬家燈火。

十七歲的安河不懂世間的風霜花雪，眼裡只有甘之如飴的喜歡。

很久以前，林微然覺得這樣的喜歡不過是冥冥人生中毫不起眼的俗夢一場，在時間的面前根本不值一提，然而安河是這樣告訴她的：

「不過我想也無妨，我喜歡她跟她喜不喜歡我又沒有關係，妳說對不對？」前一秒還露出失戀的表情的安河，後一秒就抬頭望向那遙遠的天際，蠻不在乎地說。

「嗯。」

「妳呢？妳有喜歡的人嗎？」

「沒有。」

「哦，挺好的。喜歡一個人真他媽痛苦。」

「那你為什麼還喜歡她？」

為什麼呢？

也許這個世界上根本沒有言辭能貼切地解釋那些擱在心底的念想，我們口中所有松花釀酒的喜歡，都不是因為那個人、那件事、那些物是多特別的驚世一瞥，而是我們的喜歡讓他成為生命中特別的存在，而這種喜歡大抵都平白無故。

那，他對寧瑄的喜歡是從什麼時候開始的呢？

安河能清楚地想起初見時的寧瑄，如頭頂飛鳥展翅而過，從此落入他心尖。而後的每次閉眼，都能從虛化在腦海中的霓虹星芒裡將她描摹。

「我們共存著一個秘密。」

「一個她永遠不想要讓人知道的秘密。」

2

再一次見到寧瑄，已經是升上高一後的事了。

高中部的校園非常寬敞，即使是同一個級別的同學也並非那麼輕易地能每天碰面。更何況安河向來成績並不好，他更加少機會能與資優班的同學認識了，所以那次偶爾遇見寧瑄，是升上高一後幾個月的事情了。

午休時，寧瑄雙手捧著厚重的數學課本，從教學大樓前緩緩地走過。

這時安河剛好結束一場籃球賽，跑到教學大樓附近的投幣販賣機買一瓶水。

他不偏不倚地望見了寧瑄，馬上又移開了視線，大口大口地喝水。一剎那間像是隨機的電影片段，腦中掠過歲月種種的場面，他忍不住又回頭再看她一眼。

她從遠處慢慢走來，有暖煦的陽光篩透在她的身後，他認出了她，如曝曬在烈日底下的身影緩慢地交疊在一起。

是她。

和深刻在他印象的女孩稍有不同，褪去了一絲稚氣與深沉，換上一抹光彩奪目的神色，臉上始終是標準好看的笑容，漫天紛揚的天光將她的輪廓映得更雪白透亮，溫柔星月滲進了搖曳的裙襬。她依然漂亮精緻，卻少了令他熟悉的氣息。

難怪他有點認不出她來了。

安河輕輕地叫住了她。

寧瑄回頭看他，聲音透澈明晰：「同學你叫我嗎？」

「對呀，妳認得我嗎？」

安河指了指自己的臉，朝她大咧咧地笑了起來。

寧瑄有點錯愕，忽然止住動作，停下來仔細地打量著他，試圖在腦海浮影中尋找著相對應的臉孔，彷彿是鉛筆緩緩地拓印出丟失在久遠年月裡的手稿那般，模糊的光影漸漸清晰。

忽然那抹一如既往展開在她臉上的笑容猝然僵住了。

安河見她愣住的樣子，伸手在她虛化的視線前晃一晃手。

「不記得嗎？」安河機靈地眨眨眼睛，娓娓道來：「就那次啊，我們在小區裡——」

「不記得。」

寧瑄垂下自己的目光沒有再看他，毅然打斷了安河興奮的語氣。

安河怔住，面前的女孩並不像他那樣擁有一次歡快的重逢，給他的感覺反而是，想要打斷兩人過往的一切連結。

她的臉上那抹好看的笑容漸漸消失，取而代之的是幾乎殘酷的漠然。

「你想怎樣？」她沒有一絲情感地問他，令他無所適從。

安河皺了皺眉頭，覺得奇怪極了，收起吊兒啷噹的神情，有點無奈地笑道：「我沒有想怎樣啊，只是重新遇上妳覺得開心而已。」

「那就行了。」

寧瑄連眼神的餘光都不願給他，捧著書本轉身不帶一絲猶豫的離開，又重新恢復意氣風發的模樣，彷彿剛剛和他的相遇不曾存在過一樣，徒留他佇立在原地捕風捉影。

在沒有人看到的角落，寧瑄的指末逐漸沁涼。

從前的往事重若千鈞壓在她心頭，她不得已把曾經的事情又重新想了一遍，在歲月裡反覆地磨礪著，以為自己已經離那些事情很遠很遠，偏偏又有如頑石惡鬼，隔三岔五向她奔騰而來，她始終無處可逃。

她討厭所有從前，以及和從前有關的一切。

3

高中時期的寧瑄是所有女生都嚮往的樣子，包括她自己。

我們能想像到最美好的樣子她都擁有，外貌長得真是好看，儘管不施脂粉也清秀姣美，談及校花、班花都必有她的一席之地。讀書成績更不用說了，資優班裡也算是前幾名了，卻絲毫沒有書呆子氣息，說到成績時也不驕傲，更大方地跟同學分享念書技巧。講話有趣幽默又跟得上潮流，對朋友有義氣，是屬於那種男生拒絕不了、女生討厭不了的人。老師更是疼愛她，不僅是班長又會指導身邊的同學課業問題。據說家庭背景也很好，爸爸是大公司老闆，家在市內有名的住宅區。要真說，很難從她身上挑出任何缺點。

所以當安河向林微然說自己喜歡寧瑄的時候，林微然心裡自是一陣鄙視，果然所有男生都只嚮往著美好事物。

可是安河卻笑了，笑裡有溫柔和詩意，跟林微然說：「那是因為妳們都不知道她以前的樣子。」

所有的秘密大概是從這裡開始。

一件事情是如何在歲月裡長成生鏽滿苔的秘密，肯定要被埋在心底最濕濡的位置，反覆地受潮和細菌滋長，才會變幻成腐朽的枯木，從此輕易地發出吱嘎響亮的脆聲。稍經踐踏，就能裂出難看的破口。

就在高一重逢沒多久後的某一天晚上，安河再次見到了寧瑄。遙遠處是豪華住宅區的入口，安河回家時看見小區入口前，寧瑄和另一個穿著他們學校校服的男生站在一起。

這天雨下得滂沱，只見那男生和寧瑄撐著同一把雨傘，走到小區入口前的時候，寧瑄微笑地禮貌道別。

那男生說：「明天學校見！」

寧瑄點點頭，然後朝著住宅區大門前進。

身後的安河也沒有多想什麼，經過大門卻看見寧瑄站在大樓的屋簷下，蜷縮成一團，身體內的熱氣似乎已被消耗乾淨，但她仍然站在那裡，時不時注意著時間，彷彿是在數算著些什麼。

她沒有想到，那個追求她的男生頑固執意地要送她回家。

寧瑄嘆了嘆氣，又再看一眼手錶，十分鐘過去了，她覺得也差不多該離開了。

剛踏出去的第一步，她卻驚瞥到安河的身影。

如同電光火石劈打在她的身上，雙瞳倏地睜大，臉色又更顯得蒼白一些。

安河無聲地和她對視著，燙滾的目光深深地戳進了她的心裡，使她毫無防備。

她想落荒而逃，恍如在暗底下偷東西被店家主人抓個正著似的，那種巨大的羞恥感鋪天蓋地襲來，她只能不斷地閃躲開他熾熱如炬的目光，再多一秒的對視也都使她難堪至極。

空氣似乎在此刻凍結成冰。

安河直勾勾地凝視著她，卻有那麼一刻看見她眼裡無盡的落寞。

後來每當他回想起這一幕時，都覺得自己咄咄逼人的樣子在她眼裡肯定十分殘忍，以致於她在漫長的年月裡都這樣深深地遠離自己。

一定是不解的，他對於她所做的一切。

有些事情在別人的眼中看似毫無意義的掙扎，也許對於某些人而言是窮極一生的努力。

「這明明不是妳住的地方。」

「這曾經是我住的地方。」

4

似乎有什麼大事件發生了。

小區的入口管理處前一陣喧鬧的轟動，適逢此時正是大家下課下班時刻，小區的出入口異常吵鬧，有些剛下班的住戶在入口處那裡圍成了一團，這樣的場景幾年來都不曾有過，左鄰右舍紛紛探出頭來看個究竟。

只見出入口處停了兩輛警車，幾名警察下了車，神色凝重地走入某座大樓的住家裡。

大家都在議論著。照理來說，能住上這麼豪華的小區，基本上都是有錢人家，不是律師、醫生，也就是大公司的老闆，鮮少發生這樣令人生懼的事情。

片刻，一名男人被警察帶出了大樓，身後跟隨著一位母親緊緊地抱著自己的女兒，牢牢地低下那憔悴的臉容。

此時圍在小區入口處的人群越來越多，見警察帶了人出來，議論的聲音更是沸騰。人群把警察的去路擋得水洩不通，男人被警察押著一寸一寸地前進，默默跟在後面的母女倆頭也沒敢抬起，只能在人群中被擠得東倒西歪的，耳邊盡是刺耳難聽的話語。

「就是他們一家啊……真是該死啊，怎麼會有這樣的人啊？」

「聽說是酒駕，撞死了兩個人，媽呀，這種人就該死刑……」

「你看，整家人都長得不像什麼好東西……」

好不容易走到警車那裡，男人終於停下來了，滿臉鬍渣的臉孔是前所未有的蒼白，他緩慢地走上前，和妻子女兒最後說的一句話是「我對不起妳們。」

須臾，身後一陣異樣的騷動，有人從人群中衝了出來，極大的撞擊使母親和女兒都承受不住地倒地不起，四周的人群迅速地往後退了一步。

衝出來的是一個頭髮凌亂四散的女人，她指著被扣上手銬的男人，瘋狂地大喊：「就是他，就是他害死了我的先生和孩子——」

警察帶男人上車後，便上前阻止這個女人的過激行為。

「就是他，就是這個殺人兇手！」她的聲音尖刻而狠毒，接著轉過來看著母女兩人，發狠地直瞪著她們，像是隨時會跑上前將她倆碎屍萬段似的，「妳們賠我兩條人命——」

她不顧一切地衝上前，抓住了那名母親的頭髮使勁地拉扯，身旁的警察連忙上前拉住這個瘋女人，慌亂之間女孩被推倒在路邊，撞到膝蓋流血。

女孩趕緊站了起來，又衝上前去擋在自己母親面前。

母親默默地在人群中跪了下來。

女孩發怔地望著自己的母親，喊了一聲「媽」，眼淚潸潸落下。

女人充血的雙瞳漸漸地暗了下來，也不再歇斯底里地嘶吼，反而倒在地上，開始抽泣著，哭得聲嘶力歇，痛心疾首。

「是我們對不起妳，我們給妳道歉——」

母親猝然拉著她，把她的身子也用力地按下去，她受不住母親的力道，也跟著一起跪了下來。

「媽——」

女孩的膝蓋還流著血，哽咽著喊道，所有的委屈和不甘都在這一聲後倒溯回去。

「我們到底做錯了什麼。」

而後這個女人被警察打發回家了。

女孩忘了她們跪了多久，久到人群都已經散去，久到她的膝蓋已毫無知覺，一大片血流過後而凝固成血塊；久到在往後的人生裡，她再也無法忘懷鏽跡斑斑的這一天。

那是安河第一次見到寧瑄。

從人潮的縫隙之中篩篩漏漏地看見一個煞白的身影。

而她那句「我們到底做錯了什麼」，包含了所有不甘和掙扎，像是一顆零丁的鵝卵石奮身擊向高聳鞏固的圍牆，卻絲毫起不了任何作用。有些標籤一旦鎖在一個人身上，便從此形影不離，像墨汁一點一滴滲透進白色的織布，只能眼見那些黑跟著紋路四散蔓延開來，如同在心底綻出一朵黑色的薔薇。

出事之後的幾個月裡，直到搬家以前，小區裡的人都沒有再跟她與她母親說過一句話，連那些以前誇獎她長得精緻漂亮的阿姨們，說她冰雪聰明的鄰居們，也都不再與她說話了。她成了小區裡面大家避之則吉的對象，而後伴隨著的，是凌厲眼光裡強烈的厭惡和鄙夷。

沒有人能夠救她。

因為那些話畢竟不是實實在在的武器，她無法伸手去擋，有些話語和目光是比刀劍更銳利的傷害，她像是從高高的空中一下子墜落，墜進了深海裡，無處可逃的目光讓她窒息。她原本是所有人都喜歡的對象，然後什麼都沒了，從前那個光鮮又亮麗的她已杳無音訊，取而代之的，是這個被烈火燃燒成餘燼的她。

好多東西似乎是從一開始就已經注定了的。

並不像那些勵志文章裡所說的，只要努力就可以改變一切，有些事情注定是一輩子都無能為力的，是即使在餘生裡用多少時間和努力去修補都徒勞無功的，是一輩子都擺脫不了的枷鎖和桎梏。

例如貧窮，例如疾病，例如家庭。

對呢，我們有什麼錯。

像一場鬧劇似的，誰對了誰錯了，在人們眼中並不那麼重要，重要的是他們相信那是對的還是錯的。然後哪一天他們發現原本相信的是錯的，也早已事過境遷，人走茶涼，再多的真相都已失效。

世界是由這些自以為是所編織出來的一個密集又暗黑的謊。

寧瑄模糊的視線重新聚焦在安河的身上，他沒有執拗地質問她，也沒有再掀開她的傷疤，他們就這樣對視著。她看見他的眼眸裡有千言萬語，卻不忍向她訴說。

「安河，我的事情跟你沒有關係。」

她唯有這樣確切地和他分出一條界線來，才能確保自己已經離以前很遠很遠了。

這時，安河站在雨裡面，有霧氣細細起落，他朝她溫柔地燦開了笑容。

寧瑄，

在你不喜歡自己的時候，

讓我喜歡妳吧。

5

彷彿是對自己宣告似的。

從那天起，安河就沒離開過寧瑄的身邊。

在別人的眼中，似乎只是校花女神又多了一個愚蠢的追隨者，等到哪天覺得膩了就會放棄的過客。

只有安河自己知道，這個負隅頑抗的執念從此在胸腔紮根，不可遏止地生長出龐大而混亂的根系，每一下心肺的跳動都能讓這株名為喜歡的植物再茁壯一些。

即使寧瑄從來都不看他一眼。

每一次寧瑄拒絕他的時候，安河便喝得爛醉後去找林微然。

林微然曾經這樣子評價過安河。她說他骨子裡就有一份剛強和義氣，看不慣那些不公的事情，而又總是為了那些事情而搞傷自己，他期望自己永遠強大，能夠永遠保護身邊的人，其實他也只是希望有人需要自己，需要有人依賴自己，這就是他建立自身存在的方式。

她問過他為什麼那麼喜歡寧瑄。

他說：「有一種人吧，你就是看不得她受半點委屈。不管她是不是屬於自己，但你只要見到她受委屈，你就覺得自己不是個東西。」

「你傻啊？」

「是挺傻的，可怎麼辦呢，我就這麼喜歡她。」

她舉手投足假裝成有錢人家的孩子，笑得妍麗而溫潤，一言一行都滲透著美好得虛假的氣息，像是不小心打翻的蜂蜜罐子，連空氣中都充塞著甜膩滯脹的氣味。她會對所有人都友好，為的不過是想從對方口中流傳出自己的稱讚，能使她在眾人心中的地位不斷地提升、鞏固。她會在聽見這些稱讚後在暗地裡偷偷竊喜，也會花一點小聰明把能與自己相比的對方給壓下去。她會撒一些小謊去完滿自己千方百計設計出來的人物設定，去過哪裡旅行，收過什麼貴重的禮物，爸爸媽媽如何待她好，這都不過是她大張旗鼓地宣示著，你看，我是一個多美好的人。她花盡力氣到處修修補補自己身上缺失的坑窪，努力去遮蓋那些跟從前有關的痕跡，其實說到底，她心裡從不肯真實地正視自己。

現在站在所有人面前的寧瑄是假的，卻也是最真實的她。

是她拼了命想要塑造出來的人物設定，也是她最嚮往的樣子。這個渴望美好如同向陽而生的植物般的她，卻也是最真實不換的她。

他覺得其實每個人都一樣。

我們都渴望得到誰的關注，也都渴望被疼愛，都想要成為人們眼中所謂美好的存在，所以他並不覺得寧瑄這樣做有什麼可笑的地方。有時候他也會想，本質上他和寧瑄是同一類人。他天天打架不回家，不想面對父親和繼母，天天靠著保護別人得來一點點安慰和認同，只是他和寧瑄缺愛的方式並不一樣。

所以他並不怪她。

儘管永遠拒他於千里之外，總是對他說，你能不能離我遠一點，也總是擔心他會在別人面前暴露她的秘密。於他而言，她不過是個面對千夫所指，默默地陪同母親一起下跪，臉上梨花帶雨卻不施胭粉的女孩。

有些記憶像是被封塵在那久遠腐朽的金屬鐵鎖後，伸手去開啟它時還會揚起一把紊亂橫飛的灰，那安然伏臥在角落裡的心事，從未被誰知曉。

不過是一抹日光綽約的午後。

那一剎在時光裡定格的身影從此不再晃動，清清楚楚地被烙印下來，剪裁成可愛的模樣，從此被縫進誰的心上。

夏日幾近的黃昏，女孩孤伶伶地坐在小區公園的鞦韆上。

有其他男孩女孩走了過來，並沒有和她說一句話，就合力地把她拉起來，推倒在一邊，順勢霸佔了鞦韆的位置。

「你們——！」

她生氣地喊住他們，他們一臉不屑地三言兩語說著：「別理她，誰理她誰倒楣。」

她在眾人面前連話都說不了一聲，畢竟說話也是需要有聽眾的，然而自從家裡出事之後就再沒人正眼看她，彷彿當她是幽靈。

「你們找打是不是？」

身後站著一個一頭亂髮的少年，嘴角貼著OK繃，聲音霸氣又傲慢。

男孩走近把坐在鞦韆上的人揪起，然後推倒在一邊，自己坐在鞦韆上，其他人見狀也不敢多吱聲，把人扶起來就結伴地離開了。

安河伸手把她扶了起來，把鞦韆的位置讓給她。

「吶，我叫安河。」

少年雙眼裡有星星萬千，身後旭陽若影，映得他的笑容透滿溫燦花火。

他懷有坦蕩與溫柔，須臾間，便能使未曾開墾的山川覆滿生機。

在女孩搬家之前，他是唯一與她說話的人。

多年以後，他仍不負這場遇見。

6

高三家長會那天，寧瑄被選為班代表去接待來校的家長。

安河做為被老師「重點關照」的同學名單第一位，迫不得已地去幫忙場地佈置。

各班的代表都在校門前整理好自己的儀容，準備迎接來校的家長們，不只在家長會上拿到自己模擬考的成績，老師更會藉此跟每位家長詳談學生在校表現以及未來選校方向等等。

遠處，寧瑄看見自己的母親也來到學校了，馬上向前迎接母親走向自己的教室。

回到接待家長攤位前，安河一蹦一跳地跑到她的身邊，與她並肩前進。

「好久沒見到阿姨了。」他轉頭和寧瑄搭話。

寧瑄冷淡地轉過頭看他一眼，沒有回應。

身旁的女同學指著她媽媽的背影說：「咦，妳媽媽長得好漂亮啊，果然是家庭基因好。」

「對啊！可是怎麼每次都只有妳媽媽來家長會啊？」另一位同學探頭詢問。

「呃……我爸爸公司很忙，經常要出差，所以……」她捏住手心，眼睛不敢看站在一旁的安河，

「……所以沒有時間來。」

寧瑄稍稍漲紅了臉，有什麼被她硬生生地強塞回去，只能死命地把它憋進心房。

有些事情一旦有了開頭，後面就會變得非常的輕易。

許久以前當她開口說了第一個謊，謊言似乎沒有想像中的那麼困難，然後反覆的練習，把惡人的舉動變成日常，她終於不再為撒謊而顧慮重重，甚至有時她會被她撒過的謊誤以為就真的像自己所想的那樣，純粹又美好。

如同等待被昆蟲分食的甜膩蛋糕。

「不是吧——」

有一把突兀的聲音從她們身後響起，是一直坐在不起眼角落裡的一個女生。

寧瑄有點錯愕地看著她，快速地從腦海中搜尋她的臉孔。

她記起來了，是初中班上的一個同學，之前因為高中被分到不同的班，所以一直沒有機會碰到面。

如今她突然開口打斷自己的話是什麼意思？她是要拆穿自己嗎？怎麼辦？該怎麼把這次的謊順利圓過去呢？

瞬間，寧瑄的腦中排山倒海而來的混亂思緒使她兵荒馬亂。

「我記得妳爸爸不是——」

那女生直勾勾地看著她，沒有一絲退讓的意思。

她能感受得到她百分百的不懷好意，那種敵意像是迅猛明銳的矛刃迎面而來，劈斬在她精緻清脆的透明玻璃外殼上，隨時隨地碎得四分五裂，望風披靡。

寧瑄的瞳孔在輕狂地閃爍著。

「方玲瑤，妳認識我爸啊？」

安河在一旁順口地接住了方玲瑤的話，一邊挑眉地望了寧瑄一眼，短短一瞥卻能把她從惴惴不安中一下子拉了出來。

「我不是——」方玲瑤顯然意想不到安河的介入，氣急敗壞地否認：「安河你——！」

「妳不是啥？妳看看我們班的家長都到啦！」

安河指了指學校大門處，順水推舟地把她支開了。

在所有人的面前，她幾乎都是緊繃著一根弦，需要完美無備地把一切裝得泰然。這盡善盡美的模樣容不得一絲縫隙，被她打理得不染一縷塵土，如此無懈可擊的她卻總是在他的面前土崩瓦解。

寧瑄很多的時候都覺得疲憊，也許是面具帶得太久，久到她根本分不清哪一個才是自己真正的樣子，抑或是自己真正的樣子就是虛偽和虛榮吧。

她知道安河說得都對，因為太正確了，像是裸露在紫外線底下腐爛的傷痕，所有的猙獰寒磣都被一覽無遺的時候，她無處可逃。他總是能一眼就看穿自己，而自己所有的努力和偽裝在他面前全都不屑一顧。

小時候那些人說過的話也總是縈繞在她的耳邊，有些碎痕已經內化成身體的一部分，幾乎是反射性動作，一有人提起，她就不由自主地想要避開。

始終像是粒擱在眼裡的細沙。

包括安河本身的存在也是。

她記得，她什麼都記得，從和他的相遇到重逢，她都沒有忘記。只是他和自己的從前有著難以割捨的重疊，只要見到他，那些記憶會再次摧城掠地，讓她鐐銬在腐蝕蠹蛀的過往裡，動彈不得。她始終沒能離開舊時光中的自己，她只是假裝那不是她而已。

衣服底下是手機訊息震動的提示聲。

——裝得挺像的嘛，真看不慣妳身嬌玉貴的樣子。

有些謊言始終單薄得一捅就破。

心裡沸騰的恐懼和慌張在蓬勃地生根發芽，隨著細小的血管滲透進身體內的每一個細胞，它們跟著急促的呼吸生長和擴張，暴動的心跳一下一下在胸襟搥動著，發出重重的疼痛感，壓得她喘不過氣來。

不能被人發現。

她困難地嚥下了口水，心裡抑止不住地發出惡毒的抵觸，輾轉的不安盤踞整個心臟，生膿的惡臭鬆動了龜裂的土壤，只能流向更深、更暗的罅隙，蒙混安生。

7

這個世界上原來從不存在著僥倖。

那些「說不定不會被發現」的壞念頭總有一天會沸騰出水面，而在累積的謊言上必須要再堆疊更多的謊言去修補那些坑坑窪窪的漏洞，但總會有海浪不曾抵達的荒島，總有些缺憾始終無法靠著幻想和虛榮補足。而沒法填滿的缺口，終有一天會暴露在陽光底下，如同無處遁形的細菌終將被高溫逐一殺死。

剩下的，就是那原本殘破不堪、支離破碎的本骸。

被重新放大的缺點，顯得比原本還要更醜惡了一些。

甫進教室，那些原本歡快迎接她的同學突然一下子都不說話了。

四周的空氣瞬間凝結成冰，本來大家你一言我一語地聊天玩耍打鬧，可寧瑄一到，所有人忽然都安靜下來。她環顧一下四周，沒有人迎來向她說話，她的出現像是不小心灑在了白紙上的墨水，突兀得讓人忍不住皺眉。

從班上門口到自己的座位也不過是短短十步的距離，她每一步都舉步維艱，寸步難行。

「有些人講話真的不能當真的——」

「太可怕了吧！滿嘴謊言的傢伙！不知道哪句真哪句假……」

「虧我們還真把她當成女神啊……」

這些話不偏不倚地傳進她的耳朵裡，好像故意要她難堪似的，她艱難地往前走著，身旁的目光從未減退。

有一瞬間，耳邊的聲音彷彿和久遠以前的歲月重疊交接在一起。

身後的場景在不停地變換，那也是一個日光燦灼的午後，班上大家的臉孔像是失焦一般，她從未認真去記得過那些嘴臉，在她的眼裡，這些人都長得相同，不過是一片蕭條的沼澤裡無數隻不斷向她伸出的污手，她只能記得他們所有人的猙獰淤黑。

——就她啊，她爸爸酒駕撞死了人啊！

——靠，聽說有人拍到她和媽媽給受害人下跪！

笑臉和話語都在剎那間扭曲成不成形的區塊。

——我的天啊，太可怕了吧！

是了，是這些聲音。

一模一樣的聲量和溫度，日日夜夜旁隨著她前行，如同重擔一樣緊壓在她的肩上，讓在那此後的生活每一步都走得踉蹌。她想要逃，想要跑，想要拼命地把那些沉重的東西丟掉，可是這些年過去，原來、原來惡魔從不曾遠離，她只是在漩渦太久了，久到適應了那些混濁罷了。

媽媽對她說過，不過是一些流言而已，何必去在意呢。

只是，有些言語是真的可以給人留下很深的傷痕，說者無心，聽者有意，每一句都有可能成為刺傷誰的尖銳武器。而這些傷畢竟不能像是流血那樣，止血了，就能夠把事情翻篇，反而會隨著時間的推移植入更深層的骨髓之中，和往後的日子形影不離。

原來，這麼久之後，她不曾離開過深淵。

頭頂是白花花的日光，她的臉色煞是蒼白，失去了所有血色。

如同綁在空中的繩索在時間和歲月的風乾之下斷裂，寧瑄只能束手無策地墜落。也許是曾經抵達過最高的山川，所以才在墜落的時候如此潰散。

她想，別人也許一輩子都沒辦法明白，她那麼執著且那麼努力想要成為大家眼中的一個優秀存在的原因。從高中開始到現在，兩年多的時間，她為這樣的模樣付出了無比的努力，現在她又重新回去了，回去那個被眾人都嫌棄的自己。

你說，一個渾身黑暗的人，見過最萬丈光芒的星河，又怎麼甘心回到那個闃寂無聲的荒原。

怎麼甘心只有自己渾身淤泥。

——是不是你說的？

——是又怎麼樣？敢做不敢認啊？

有一些惡意在暗湧裡翻騰，流向未知的深處海域。

8

午休。

教室裡空空如也，大家都出去吃飯了，徒留窗邊的日光把塵埃照得飛揚。

寧瑄探頭環顧四周，確認教室裡一個人都沒有，再默默地走了進去。她想了想，數算著排數和位置，緩緩地走到一個毫不熟悉的位置旁邊。

心情混亂得如同毛線糾纏不清。

她伸手進口袋，摸到了有錢校草男朋友送給自己的頸鏈。

屏住了呼吸，企圖要讓時間靜止，要將一切的動作都放輕。午後才有的夏蟬聲被屏蔽了聲響，只有無限放大心臟暴然跳動的咚咚聲，還有關節與關節間磨擦蹭壓的聲響重重地打在她的耳膜上。

她攥着頸鏈往那座位的抽屜伸去——

手是顫抖的。

她不由自主地再次屏息凝視，每根神經都在高度綳緊，不過是一個簡單的動作卻因為背後的動機而使一切變得無比艱鉅和危險。

「你在幹嘛？」

突如其來的質問使寧瑄的身體在高度緊張中遽然凝固，身體反射性地一震，頸鏈輕輕落地，所有在陰暗仄仄的死寂裡發酵的惡意，瞬間被人盡收眼底、一覽無遺。

滿臉通紅，身體像是被螞蟻爬過般的燥癢。

安河朝她步步靠近，看見她鬼鬼祟祟地在方玲瑤的座位不知道在打什麼主意。

寧瑄只有僵持在原地，緊繃的情緒像是過度發力的橡皮筋一瞬間崩裂開來，只剩下沒有彈性的裂口久落不下。

他看著掉落在地面上的頸鏈，似乎明白回來。

安河眼神直愣愣地瞪住她閃躲的目光，壓住自己的憤怒：「寧瑄，妳告訴我，妳想幹嘛?!」

猝不及防被捕捉的現場，她想逃跑，如同最醜陋腐爛的肉被曝露在最明亮的陽光底下。

「寧瑄妳——」

寧瑄急促地把掉到地面上的頸鏈撿起，塞進自己的口袋裡面，然後一聲不吭地越過安河，正準備離開。邁出腳的第一步，迎面撞到剛回到教室的方玲瑤。

方玲瑤睜大眼睛不屑地望著她，輕蔑地說：「寧瑄，妳來這裡幹嘛？」

寧瑄嚥了一下口水，雙手在微微地顫抖著，有話哽在喉嚨卻說不出來。

「當然是來找我的啦！怎麼？妳還有意見嗎？」身後的安河見狀馬上接著說，然後走到寧瑄的身旁，拉起了她走出教室，「走吧！」

寧瑄僵硬的身體被安河牽著走出了教室，她一言不發地跟著安河，一晃神，已步行到操場的角落。

安河緩緩地放開拉住她的手。

寧瑄這時才抬起頭看著他，話語中稍有難色：「安河，我的事情跟你沒有關係。」

「寧瑄，我知道他們說的話對妳造成了很大的傷害，但是妳也不能因為這樣而想要去陷害方玲瑤，妳這樣是錯的——」

對於寧瑄的一切舉動，安河在這之前並沒有感到討厭或生氣，他認為這不過是她的一種生活方式，她向陽而生，說穿了，不過也只是想要長成美好的模樣罷了，那又有什麼罪，我們所有人都嚮往著美好不是嗎？

只是這種偽裝的可愛，卻開始想要傷害別人，他不願意見她成為這樣子的人。

「錯？什麼錯？對，我這樣是錯的。那他們就對了嗎？其他人就沒有一點錯的地方嗎？」

寧瑄最後一道堅強的防線在這一刻緩緩崩裂。

「我不是這個意思——」安河有點不知所措，他少見她如此難受的樣子。

她從未忘過那個跪在眾人面前的女孩。

「是我們對不起妳，我們給妳道歉——」

母親猝然拉著她，把她的身子也用力地按下去，她受不住母親的力道，也跟著一起跪了下來。

「媽——」

女孩的膝蓋還流著血，她哽咽著喊道，所有的委屈和不甘都在這一聲後倒溯回去。

「我們到底做錯了什麼。」

我們做錯了什麼。

我做錯了什麼。

「每個人都想要成為一個好的人，有好的家庭，有好的生活，我這樣做有什麼錯？」

她抬起眼眸，淚珠慢慢地滑落。

「沒錯，妳是沒做錯，只要妳覺得幸福，只要妳快樂。但是妳真的快樂嗎？」

他放軟了語氣，心底是一片柔軟和疼惜。

然而，她竟無從回答。

安河低頭凝視著她，聲音輕柔：「妳得到了很多人的喜歡，就算妳不偽裝，不說謊，不假裝成一個女神的樣子，也依然會有很多人喜歡妳，妳同樣優秀，同樣美好——」

「他們喜歡的，是我讓他們看到的我，」寧瑄毫不猶豫地打斷了安河的話，言語中藏著淡然和決絕：「——而這個為了讓大家喜歡而掩蓋渾身破爛的我，在別人眼中根本不值一提。」

安河靜靜地聽著她說的話，有一瞬間，他覺得她不再是那個總被人欺負卻又默不吭聲的女孩了。

「那麼，那些喜歡妳的人，就毫不重要了嗎？」

他仔細地望進她的眼裡，很久很久沒有移開目光，眼中卻滿是失望和落寞。

寧瑄的心猛然一震。

第一次認真地去看待面前這個莽撞卻坦蕩磊落的男孩。

所有人都羨慕她的好，卻從來沒有問過她快不快樂。

擁有了別人的喜歡，就能夠快樂了嗎？

然後，安河出現了。

帶著他的憨厚和耿直，帶著他的熾熱和豔暑，重新回到她的面前。他知道她的過往，知道她光鮮亮麗的謊，也知道她所有作繭自縛的偽裝。

他沒有拆穿她，就只問了一句，妳快樂嗎。做了這麼多，得到了這麼多之後，妳快樂嗎。

陽光毫不留情地打在她的身上，拖曳出一地頎長影子。

一條迤迤長長的路，走得她氣喘難挨，有時候她也知道自己背負的事情太多，竟從未了解自己最真實的快樂來自何處。她不想承認他說的話，這樣就證明她一直以來的努力都是白費，可是當聽見他說那些話時，卻忍不住掉下眼淚。

是的，她不快樂，她也不曾喜歡自己。

日子總是讓人對於現狀麻木，當她習慣一切美好與明亮的稱讚時，她總是會忘記一些最根本的道理，或者說最內在的自我。

她以為盡力成為一個發亮的人就能掩蓋所有不堪。

一如既往，其實她並不喜歡自己。

那一天晚上，她收到安河的訊息：

寧瑄，我喜歡妳，不是因為妳後來成為多麼優秀的人，而是因為是妳。所以我希望妳也能喜歡自己，像我喜歡妳那樣。

9

只不過是回到那時候而已，沒事的寧瑄，沒事的。

妳一定可以熬得過去的，一定可以，以前妳也是這麼走了過來，這次妳也一定可以，可以像是以前一樣走過所有的坎。

站在學校門口，她給自己做了很多心理建設，直到最後一刻，校內鈴聲響了起來，她才鼓起勇氣往大門走去。

初中的時候因為家裡發生過那件事，之後有很長的一段時間被同學們排斥，畢竟大家都已經知道，就更加不可能當作什麼事都沒有發生。因此，她選擇另一所較遠的高中，並決定要隱瞞所有的事情，假裝自己來自很好的家庭，有很好的背景。她沒辦法再過著像從前一樣的生活，再後來，謊言需要用更多的謊言來掩蓋，不知不覺就更難再回去了。

只是，那些偷來的快樂和美好，終究還是需要歸還的。

回到教室時，果不其然有人在議論著寧瑄的事情，而且還是坦坦露露地說，即使她本人已經在現場，也一點都沒有想要收斂的意思。

「最慘的不是景如嗎，和她是那麼要好的朋友，原來高中這兩年多都被騙！」

「真的假的啊？連景如都不知道她家裡的事？」

「哇！要有多會裝才能夠連自己好朋友都騙過去……」

「景如太可憐了……掏心掏肺卻交了個假朋友……」

寧瑄緩緩地走回自己的位置，目光跟著同學們一同望向坐在窗邊的景如。

景如看見她來了，沒說什麼，低下頭做自己的事情。

她知道她欠景如一個道歉。

等到大家都去吃飯的時候，寧瑄靜悄悄地去找景如。
景如在自己的座位抬頭看見她來了，眼神有點恍惚，兩人對視著，誰也沒有先說話。
有時候是這樣的吧，比起陌生人，跟自己親近的人說些心底話也許更加困難，總是太在意對方的感受，以致於很多事情說不出口。

「我……」寧瑄在寂靜的空氣中發出零星的聲音：「景如我……」
景如默默地注視著她，看的目光太過於用力，眼眶在微微地發紅。
「對不起。」
她好不容易才能說出這幾個字，一說完，她竟覺得無地自容。
景如眼眶又更加紅了，她忍住眼淚，聲音有點憤然：「妳……妳為什麼要騙我——」

這麼說來，寧瑄從來沒有對任何一個人分享過自己的故事、自己的家庭、自己的盼望和嚮往。她覺得這個世界就像她想像的那樣，所有人知道了最原來的她是什麼樣的，就會開始遠離她。這是她這幾年來最深刻的感受，這種感受甚至已經伴隨她生活裡的每一點每一滴，所以她會不由自主地把一切都藏起來，只要藏得足夠好，就不會被人發現。
對她而言，別人的話是如何狠狠地傷害她，又是如何導致她後來的偏執，她從沒對誰訴說過，所以別人也永遠無法了解這樣的她。

或許說，她沒有給過任何人機會去了解她。

景如聽她說起曾經的故事，又悄悄地為她流了眼淚。

「所以，上了高中之後，我就在想，我一定要擁有新的生活，我不想成為那個所有人都排斥的女孩，我要成為所有人都喜歡的存在，後來就越來越難以割捨那個別人喜歡的自己……」

寧瑄說著說著，自己也覺得可笑，不過現在大家都不待見她，她也就沒有什麼後顧之憂了，反而這樣子和景如訴說，感覺到前所未有的輕盈和滿足。

「那是因為妳總是假設別人想到的是不好的妳，但是其實沒有人看輕妳，是妳看輕妳自己。」

景如抽泣著，輕輕握住了她的手，傳遞自己的溫度給她。

「妳不能讓所有人都喜歡妳，但妳能讓自己喜歡自己呀。」

喜歡自己。

讓自己去喜歡自己。

10

無論多少過錯，都要重新來過。

後來回想每個階段的自己，好像都是這樣的。

總覺得一些坎過不去，有些傷不會好，有些遠方到不了，但最後也都這樣的一步一步走在路上，不緊不慢、不卑不亢地來到了這裡。所以是這樣的，總會有路的，要去走走看才知道。我們可以不斷地自我懷疑，不斷地原地打轉，但是，別放棄就好。

高三比想像中過得更快一些。

當寧瑄重新審視自己的問題，發現原來不去討好別人說不定是件更輕鬆也更快樂的事。

她不用再為了那些假裝的好背景而慌慌張張地修補那些謊言的漏洞，也不需要時時刻刻用最好的狀態去面對人群，那些一路以來揹負在她身後的重擔正一點一點地被她沿路放下，她才能這樣鎮若自如地走進未來裡。

她依然沒有辦法堂堂正正地去面對安河，畢竟對於她而言，這個男孩是幫助她最多，也是她虧欠最多的人。她能想起那些對他殘忍的片刻，也能想起他每次轉身過後落寞又失望的臉孔，他見證了她的優秀和頹落，也目睹她的崩壞和改變，正因為這樣，她才沒辦法可以坦然面對他。

在她成為更好的人之前，她只能獨自一人去闖。

畢竟，喜歡自己真的是一件又艱鉅又反覆又漫長的習題。

離開時，她早就知道自己的成績能夠考到南方不錯的學校。

她想著，也許她以後再也不會遇到像安河一樣的人了。
那一天夜晚，安河來找她的時候，她難得沒有趕他走。
兩人少有地並肩一起在學校的操場跑道散步一會兒，也是第一次寧瑄不是敵對著他，而是收起了所有的尖銳和鋒利，恍如變回了多年前被人欺負就會哭泣的小女孩。
寧瑄終於可以卸下那些虛矯的偽裝，堂堂正正地面對安河。
她的心前所未有地感到心安和舒適。

他們並肩走了一小段路，中間誰都沒有對誰講話，夜風送來一點微妙又燥暖的氣息。
安河想了想，假裝自然地先開口說：「開始做回自己的妳，笑得比從前快樂一點。」
「是嗎？」寧瑄接道。
「嗯，感覺有點不一樣了。」
安河轉過頭仔細地凝視著她。
她還是那個靈眉秀目的她，還是那個做什麼都優秀又耀目的她，可是又不是那個她，不是那個強迫自己要成為最好的那個她。
「聽說妳考南方的學校？」
「對啊。」

「挺好的。」安河有些微失落。

寧瑄停住了，聽出了他語氣中的異樣，她盤算了一下，最終也還是開口問了：「以後……我們還有機會見面嗎？」

安河被她突如其來的問題怔住，馬上又換上了喜不自勝的神情。

「妳說呢？」安河笑滋滋地反問。

「隨、隨便啊，跟我有什麼關係……」

寧瑄別過頭來，馬上收回自己的目光。

「我會去找妳的，妳別忘了，妳的出現永遠改變著我的星軌。」安河依然言笑晏晏，目光溫柔。

「……你好噁心。」

「怎麼樣？我其實也不錯吧？」

「滾。」

「哦。」

他們快速地繞了操場的一圈，走到校門口準備說再見時，寧瑄緩緩地停了下來，抬起眼眸鄭重地對安河說：「謝謝你。」

「謝什麼呢？」

橘黃色的路燈把他們一高一矮並肩的影子拖得一地頎長，他們踏在彼此渾黑的影子上，駐足良久。

夜色攏住了所有欲言又止的話，攏住了一抹拾花釀春的時光。

那些沒說的話，其實他都懂。

——謝謝你。

——讓我找回自己。

安河偷偷地把日子記了下來，這天是寧瑄第一次在他面前展顏地笑，對他打開心扉地聊著天，說著自己的事情。

只是，一直拒安河於千里之外的寧瑄那個時候沒有想到的是，後來真的就和安河在一起了。

世界流轉，唯有他始終站在時光的末處，給她源源不絕的溫暖。

11

「我可以重新開始嗎？」

「一定可以的。」

「你會陪著我嗎？」

「會的，我會一直陪著妳。」

「吶，我想學著去喜歡自己。」

「妳一定要喜歡喔，因為我是這麼的喜歡妳。」

——將此獻給每個不喜歡自己的人．記念最純粹的自己

※關於安河與林微然的故事，請見《想把餘生的溫柔都給你》。

想念年少的你

「也許世界上很多的事，從一開始就失去了結局。」

1

言哲站在鏡子前面。

他看見鏡中的自己，穿上西裝的樣子一身儼然，爽淨的短髮，挺直的身影，俐落的舉止，有點生疏又僵硬的笑容，他最後一次檢查著自己的儀容。

恍如奔赴一場盛大的約會。

走近宴會的場地。

四處被鮮花和氣球簇擁著，一切變得浪漫又夢幻，那紅色地毯亮得刺眼，在遙遠的接待處那裡，言哲一眼就看見了宋丞源。

收起了所有輕狂和不羈，褪去了稚氣和吊兒啷噹，此刻的宋丞源一身筆挺的西裝，溫厚靄柔，和言哲想像中的不太一樣。在漫長的歲月裡，他見過他所有的樣子，唯獨鮮少見他如此幸福燦爛地笑，轉盼流光。

或許這是他今天來這裡的目的。

宋丞源從遠處就見到言哲。

他迎了上前，一把摟住了言哲的肩膀。

待他鬆開他的時候，言哲低頭微微地一笑，向丞源遞去一封紅包，接著問：「恭喜啦！新娘子呢？」

「她在裡面呢，去跟她打聲招呼吧。」

宋丞源拉著言哲邊走邊說，來到了新娘休息室前面。

透過不大不小的門縫，言哲若有似無地見到新娘忙碌的背影，他沒有要進去的意思，就停了下來，靜靜地看著宋丞源。

「新娘子真漂亮。」

言哲禮貌地微笑，又刻意與任何人都留了一點距離，包括他。

他看他的眼神，像極了許多年前的一個早晨裡，坐在他隔壁的位置，他不緊不慢地抬頭，眼中卻是笑得張狂溫燦的他。

一切都回到了最初的樣子。

多年前與多年後，他與他，你與我，我們。

宋丞源和他的姑娘步入了紅毯。

那一條長長的紅路灑滿了細碎的花瓣，如同一路繁花盛開，那個少年始終沒有回頭望，一如既往地奔赴著更加錦繡姣好的未來。

言哲望著這樣的他倆，竟也感到前所未有的滿足和幸福。

那種感覺說不上來是快樂還是悲傷，就是塵埃落定後的心安吧。

一切都有歸處的感覺。

也許世界上很多的事，從一開始就失去了結局。

又或者是，很多事情，本來就不需要結局。

2

宋丞源遇到一個奇怪的人。

他來到班上的第一天，發現同桌是個怪人。

怎麼說呢。就是無比的不合群，又酷又冷漠，跟同齡的男孩子相比，簡直就像是……混進雞群裡面的鶴一樣，甚至還不屑跟同學們一同玩耍。像宋丞源這種在學校裡面就是自帶光環的主角，有義氣、外向、活潑、搞笑，是真的很難跟言哲這類人當成朋友的。倒也不是說討厭他，但正常一個十五、十六歲的臭屁男孩，會自動地迴避言哲這一類人，畢竟在最搗蛋、最張狂的歲月裡頭，還是跟有趣的人玩在一起，才算是青春的事吧。

宋丞源進到教室，男孩們吵吵鬧鬧的，一見到熟悉的朋友就習慣彼此碰撞一下對方，摟肩勾背地圍在一塊，討論著下課時間誰與誰組打籃球，抑或是最近出的遊戲誰能過得了最新關卡。

但，言哲除外。

宋丞源第一次見這麼懶洋洋的人。

他趴在角落的位置，一動也不動地，調整一個舒適的坐姿，盡量規避陽光與玻璃折射出來的角度，尋找出一個最清涼、最合宜睡覺的狀態，然後緩緩合上眼皮。

陽光是阻止不了他睡著的，吵鬧聲也不行，他就像是特立獨行的孤島，安之若素地自成一派，與世無爭。

當然，宋丞源也沒怎麼理他。

往自己的座位走去，隨手把自己的書包朝椅子一扔，這個動作似乎驚動到了桌椅，與言哲的桌子連在一塊，恰巧也震動到他沉睡的靈魂。

言哲輕皺了眉頭，又翻了個身，微微地表達自己的不滿。

只是宋丞源並沒有看到。

他繼續轉個身和同學與高采烈地討論著男生們熱衷的遊戲和運動，大咧咧的他並不那麼仔細地注意到其他人細微的小動作。

言哲其實已經醒了。

他半瞇著眼睛，悶熱的驕陽穿透窗帷，塵埃伴隨著陽光下四處飄揚，連微小的灰塵都在大把滾熱的日光中顯影成形，大幅大幅地映照著教室裡的角落，刺亮得他睜不開眼睛。

他依稀透著朦朧的眼睫毛縫隙望出去，眼前的少年似是被覆上一陣荏染的光暈，那人顧盼神飛的神情逐漸溶解在這樣煞亮刺眼的光線裡。

他看不清他的樣子，但心已生些許排斥之感。

可謂年少時的誤會都在無意中發生。

下課休息前沒有說過任何話的兩人，終於在一個尷尬至極的情景下有了初次的對話。

宋丞源剛從福利社回來，偷偷拿著汽水回到班上，往教室裡頭瞅了一眼，果不其然，那誰還是趴在桌子上睡覺呢。

剛走回自己座位，身後不知是哪個兄弟用力地拍了一下他的肩膀，嚇得他手一抖，手中的汽水不受控地晃了幾下，四處濺飛出甜甜的液體。

好死不死，巧了，真的巧，就灑到了言哲的衣服上。

宋丞源定格在這個動作兩秒鐘，忽然有點不知道怎麼反應過來。

言哲對於突如其來的「飛災橫禍」非常無語，但也終於忍不住了，抬頭來瞧瞧是誰打擾到他睡覺。

此刻他總算能夠光明正大地打量面前的少年。

宋丞源一看就是那種人群裡的領袖，笑起來燦爛俊爽，感覺跟誰都能成為好朋友，言語舉止透著一種親切瀟灑，與自己截然不同的個性。

他正正地瞟了宋丞源一眼。

所謂的死亡凝視。

宋丞源有一瞬竟然覺得背脊發涼，明明他不是那種膽小的人，卻被一個冷漠的眼神震攝住。他眨了下眼睛，馬上接著說：「抱歉抱歉！」

然後轉身向附近的女同學借了衛生紙，正準備要遞給言哲的時候，發現他已經默不吭聲地走出了教室，不帶絲毫笑容。

不好惹啊這個人。

儘管言哲並不是那種長相兇猛的男生，反而眉目間有著一絲溫文儒雅的韻致，只是同樣有著孤僻的氣場，疏離得讓人無法靠近。

完了，他覺得未來的這些日子，他可能不會好過。

3

後來宋丞源才知道，原來言哲有潔癖。

對於言哲來說，那天的事故已經是世界等級的「災難」，所以才會持續了好一陣子的時間，兩人都沒有任何交談。

其實宋丞源的學生生涯並不會有任何變化，他依然意氣風發，依然是眾人喜歡待見的對象，依然是在人群中出眾的主角，依然在課餘的時候和同學們打鬧，依然有時會在教室裡面彈著吉他。只是像他這種充滿好奇心的男生，偶爾也會想想，言哲從來不和人來往，會不會感到很寂寞啊，會不會偶爾也希望有人能夠走進他的孤島裡啊。

從前的言哲不會。

他對於人與人之間的關係並沒有太多的執著，也不怎麼期待與人結伴同行，也許是長期習慣了獨行，所以變得無所謂。對他而言，陪伴不是生活的必需。起碼在這一刻他是這麼想的。

直到他們終於有了第二次的交集。

其實也就是在無數細小的日子裡一個平凡到不能更平凡的午後。

大夥兒吃完午餐，便三五成群的回到了自己的教室。

宋丞源午休時候拿起了自己帶來學校的吉他練習了一會兒，轉過頭又把吉他放在座位上，跑去和窗邊的男同學聊天。

不一會兒，言哲也回來了。

他並沒有見到那把放在桌子上的吉他，走過座位的時候，不偏不倚地撞上了。

「悲劇」再一次乍猛地發生。

一般來說，像言哲這麼淡定的人，鮮少會被什麼事情嚇到。只是這一次不同，木吉他重重地從桌面摔到地板上，發生了劇烈轟然的聲響，震撼了整間教室裡的人。

所有人都停住了手上的動作，怔然地注視著言哲。

木吉他在轟的一聲，發出巨大悽切的聲響之後，琴柄斷然地與吉他分離，撕裂開來一塊，「殘骸」悲慘地躺在地板上，暗無光彩。

言哲僵在原地，連髮梢也緊張得不敢有絲毫擺動。

他有點慌。

目光下意識找到在教室一角的宋丞源，暗瞧著他的反應。

宋丞源內心是崩潰的，同樣愣住了，但顧及到自己在學校的形象，他並沒有露出過多不悅的神色，只是輕輕一皺眉頭，走近自己殘破的吉他。

「對、對不起……」言哲低沉的聲音緩緩地響起。

其實宋丞源也不能夠怎麼樣，大罵的話就顯得自己太過小氣了，像他這麼愛面子的人，最後也只能灑脫地跟言哲說：「沒關係，再買一把就好啦！」

仍然是一如既往地調皮有趣的語氣。

然後他就蹲下來收拾自己壞掉的吉他，整個過程，他都沒有再看言哲一眼，畢竟手中這把吉他是他最喜歡的一把。

心裡面肯定是會有疙瘩的。

在沒有人看見的角落裡，言哲緊捏著拳頭，輕嘆了口氣。

當宋丞源以為故事會停在這裡的時候。

萬萬沒有想到，當他下定決定不再帶自己心愛的吉他上學後，第二天到了學校，自己的位置上多了一把和壞掉的吉他一模一樣的吉他，新的，乾乾淨淨地靠在他的位置旁，像一份滲滿心意的禮物，盛意待他拆封。

同桌的那個人似事無關己地繼續趴在桌子上酣睡著。

宋丞源像個小男孩一樣快樂地開封著自己的「禮物」。

他把簇新的吉他架在腿上，快速地調了下音，就上手彈起了民謠。

趴在桌上「睡著了」的言哲此時聽到耳邊傳來的動聽旋律，忍不住展露出一個欣慰柔和的笑容。

然後是一聲充滿快樂的話──「謝謝！」

「喂，那個，你想要學吉他嗎？」

「……」言哲搖搖頭。

「學嘛！學嘛！我免費教你喔！」

「……」

言哲一言不發地凝視著宋丞源絢爛的指法，突然也覺得，學校是個不錯的地方。

直到很久之後，他都沒有告訴宋丞源，這把吉他是他花了很多時間去搜集資料買的，也是花了好幾個月的零花錢買的，但是都無關緊要了，因為接下來的那些日子，他們一直都玩在一起。

於是青春的帷幕從這裡開始被毫無預警地拉開。

也還好有他，否則一生一次的青春終究要黯淡無光。

4

經過宋丞源長時間的觀察，言哲確實是個神奇的人。

他上課總是在睡覺，也不喜歡讀書考試，可是他卻從不會不交作業，也不會考試作弊。雖然看起上冷冰冰的，但內心卻是個善良又禮貌的人。有時候感覺他無所事事，但背地裡是個很有藝術天份的人，唯一的社團活動就是美術社。

某次期中考試的時候，言哲數學考了五分，被老師喊出教室怒罵了一頓。

回到教室的他，毫不在意地把考試塞進抽屜裡。

宋丞源實在是太好奇了，像他這樣的數學天才是怎麼樣也想像不出，數學考五分是一個什麼概念。

於是他伸手悄悄地從言哲的抽屜裡拿到了他的考卷。

慘不忍睹啊。

這考卷根本就沒法看啊，全是紅色亮眼的標記。

「吶，阿哲，我勉為其難幫你補習一下吧！不用太感謝我。」宋丞源一臉嘲諷地對言哲說，用一種君王的神態俯視他。

「……」言哲挑了挑眉，平淡地說：「不用。」

「嗯？你這樣子沒法去好的大學喔！」

宋丞源繼續調侃著他。

「……哦。」

其實言哲根本不在意，他對於未來沒有太多的想像，也沒有想要去的地方，沒有宏大的夢想，也沒有遠大的志願。

直到他聽到宋丞源泰然自若地說：「欸，我們要一起上大學的啊！」

兒時的所有約定都像是被鑲進記憶裡的寶石。

每回顧一次，都能折射出不一樣的光芒，往後的日子，他總是沒由來地想起這個午後，宋丞源無心地說了這樣的一句話。經過很多年月的洗刷和稀釋之後，他唯獨記得那一個瞬間他望向自己那明亮期盼的眼神，猶如一束光，反反覆覆地映在久未開墾的荒島上。

他曾讀過村上春樹在書中寫到一句這樣的話：「哪裡會有人喜歡孤獨，不過是不喜歡失望罷了。」以前他不懂得這句話的意思，他就是喜歡孤獨啊，喜歡自己一個人，他認為自己是一個例外。多年後，待他真的讀懂這句時，他終於無可避免地又回到了孤獨裡面。

像從前一樣。

5

言哲是個孤獨的人，這件事從宋丞源第一次見到他就這麼覺得。

他不喜歡回家，所以總是下課後流連在外，並不是做些什麼壞事，很多的時候只是去不同的公園，看看天空、看看夕陽、看看這個世界生機蓬勃的樣子。偶爾他會帶上筆紙寫生，偶爾只是戴著耳機，安靜地坐在一角，似乎想要逃離進入外太空裡。

他總是這樣，疏離又清冷，像是不存在那樣。

宋丞源特別記得那一年的盛夏。

暑假裡他們時常會約出來見面，他彈他的吉他，他畫他的畫，兩人互不打擾，也互不影響。有時候卻會很有默契地一起放下手中的東西，然後抓起遊戲機，一起打打鬧鬧地過了一整天百無聊賴的小時光。

言哲會在他家待到很晚很晚才回家。他也曾經試探過言哲，想要搞清楚這背後的原因。可是言哲習慣蘊積著自己的秘密，似乎心中有一塊陳朽之地，並非誰都可以闖出一片生機。

盛夏裡的一個凌晨。

宋丞源無預警地收到了言哲的電話，驚醒了他的一宿俗夢。

他艱難地從被窩裡爬起來，睡眼惺忪地坐在床邊，顯然還沒清醒過來，軟糯的聲音含糊地接了電話：「喂——」

「丞源，有空嗎？」

「嗯，怎麼了？」

「那你出來陪我一下吧。」

「哦，你等著，我換個衣服。」

所謂為兄弟兩肋插刀也在所不辭。

他很快就在他倆常去的公園裡找到了言哲。

言哲輕輕地靠在公園的休閒椅上，遠遠看去，像極了一個不知去處的小孩。言哲手上亮眼的血跡刺痛了宋丞源，他緊皺著眉頭，走近問他，「你怎麼回事啊？」

「不小心弄的。」

啥？

像他這麼潔身自愛又有潔癖的高貴男子，最好是會「不小心」弄到滿手都是血。你在耍我呢！

宋丞源懶得跟他計較那麼多，一屁股坐在言哲的旁邊。

夏天是個總能摻雜著種種細膩情緒的季節。

好像回憶起來的每段青春碎片裡，總是以夏天作為一切的背景，所有燦爛的笑容都虛化成盛夏裡的一抹衍陽，斑駁的樹影搖晃著你我的身影，一路無聲無影的腳印被鍍成金黃色的亮片，鐫刻進人生往後的千萬光景，那裡有著永不凋謝的傳說。

那夏天裡開了一路的白楊樹，永遠鬱鬱蔥蔥，散發出淡青色的光，在夜風中吹送著，承來悶熱燥動的風，迎面烘著臉，記憶被恍惚地喚醒。
一切好像都不需要解答。
所有的迷惘，所有的莽撞和衝動，所有的稚嫩和不成熟，都像是一種在場證明，只有那個最不懂事的年紀裡獨有的一場巨大的紀念。只有這時的他們，才能如此的義無反顧，如此的樂而忘返。

那一天言哲對他說，父母長期在國外工作，家裡只剩他和奶奶兩個人，他的奶奶有老年失智症，有時候會不小心傷害到他。
他說這些話的語氣像是在談論別人的故事，絲毫不牽動到自己的情緒，照常地疏離，像從不存在著傷心一樣。
可是宋丞源知道，他只是在壓抑，在沒有人見到的地方，言哲有時候會默默地紅了眼眶。

半夜三點，言哲手上的血已經凝固了，傷口也不疼了。
「你回家吧。」言哲坐起了身，側身地看著他。
宋丞源迎上言哲幽暗的眼眸，回應道：「你呢？」
「我再坐坐。」
「那一起啊。」
「……」

「我沒辦法放棄你啊！」宋丞源轉頭瞪著他，眼神裡卻充滿了篤定，「否則你會一直一個人的。」

那一年的盛夏像極了一座絕不坍塌的樂園。

只要你想要，就可以一直往裡頭躲，躲過世界的一切鋒利和尖銳。只要你想要，你就可以永遠停留在那裡，永遠不往未來走去。

夏天是個總能摻雜著種種細膩情緒的季節。

所以我說，「我想念那個夏天」的意思就是，「我想念那個夏天的你」。

6

高三的時候，他們已經不再同桌。

只是班上的男生就是那些人了，兩人的身高又差不多，所以後來也就一直坐在彼此的附近。

某一天，言哲照常地回到學校。

還沒坐下就聽見宋丞源和幾個男同學在低聲討論著什麼。

「欸你那天看上的妹子，把到了嗎？」某男同學勾著宋丞源的肩，一臉曖昧地看著他，帶著一種討人厭的油膩語氣。

言哲微微一怔。

宋丞源輕聲地回應：「哪有那麼快！電話都還沒要到！」

男同學見到言哲走來，突然像是想到什麼似的，急聲道：「欸阿哲也是美術社的啊！那個女生不是美術社的嗎?!」

幾個男生的目光一下子聚集到言哲的身上，炙熱發燙的眼神讓他有點不自在。

「欸阿哲你能拿到電話嗎？」男同學湊近，像是密謀些什麼大計劃一樣。

宋丞源轉過頭來看著言哲，眼神裡充滿期待。

言哲見狀，慢騰騰地說：「呃，要不然我試試看好了。」

宋丞源喜歡上的女孩。

言哲一看就知道是宋丞源喜歡的類型，白白嫩嫩的，個子很小，梳著長馬尾，清秀別緻，神清骨秀，是那種淡淡的氣質，又嬌又秀氣的女孩。

其實也沒有費多少勁，畢竟言哲也是長得一表人材，加上在美術社裡頭因為畫畫厲害而眾所周知，拿到那女生的電話並不是一件很難的事。

他手拿著那女生手抄給他的電話號碼，正準備在回家的途中拿去給宋丞源。

他已經能夠想像出宋丞源溫柔欣喜的神情。

後來宋丞源和那女生在一起的過程，言哲就沒少操過心。
宋丞源是個不拘小節、大剌剌的男孩，從不懂得女生的心思是怎麼樣。倒不是說言哲比較懂，只是言哲比較擅於觀察身邊的人，至少也能抓住一些蛛絲馬跡。
他給宋丞源擬定了一個告白計劃。

首先，他先約好了那個女生某天下課來到他們的教室。
然後，他們幾個兄弟和宋丞源一起佈置好教室，當然告白的過程一定要有人在走廊把風。
再者，幾個人出了主意給宋丞源挑了一首最甜蜜的情歌，讓他彈吉他給那個女孩聽。
最後，遞上擬好一封情書。

完美計劃。

那天晚上，大夥兒暗地裡偷偷看著宋丞源對喜歡的女孩告白。
一切都按照著言哲定下的安排走，沒有眾失所望，也沒有辜負幾個兄弟間的辛酸，他們隔著門縫，聽到了宋丞源樂滋滋的一句「我喜歡妳」，大家被肉麻得雞皮疙瘩掉落了一地。
就在那女生答應與宋丞源交往的時候，大夥兒都雀躍和歡呼。
唯獨他的心像是被石頭狠狠地磕了一下，撞出了一個凹凸不平的坑，說不上疼痛，大抵像是一根不小心吞進喉嚨的魚刺，淡淡的刺痛，鮮明透骨，卻持續了很漫長的一段時間。
好像有什麼不再完整了。

言哲默默地離開了學校。

7

那些你以為永遠不會過去的日子，正在你不察覺的平凡裡一點一滴地漏走。
待你意識到時間已經略過一路覆滿枝椏的樹蔭來到這裡時，你卻再也無法撥動鐘盤，再也難以搬動歲月，再也拾不起一席流年。

高中的最後一個夏天來了。
他們也不知道為什麼那些日子就在這樣吵吵鬧鬧之中不知不覺地用完了，許多事情來不及去做，許多話來不及去訴說。許多從前無處安放，許多未來無從想像。
時間一直都是狡猾的，從不待你把回憶變成永不磨滅的刺青，不待你把記憶揉進生命，不待你存放好所有珍貴的過往，就固執己見地往更遙遠的未來去了。你不能獨自滯緩在原地，時間會帶你走，帶你走去更新、更未知的地方，我們無從選擇，只有徒留一路的懊悔，畢竟我們沒有時間強悍，我們敵不過龐大的時間本身。

但是啊，我永遠記得你說的話，我們總不能萬古長生，所以我寧願相信時間總歸是好的，我寧願感謝時間讓我與你一同走了很遠很遠的一段路。

畢業那天，宋丞源有吉他的表演。

在言哲的記憶中，他永遠都偏愛著這一天。

倘若要在千萬張照片中挑選出他最愛的一張，那他必定會選擇這一天，被他偷偷撕下的扉頁，偷偷隔著時光，偷偷地珍藏。

一定會有這樣的片刻。

那些想要無論你在來日方長的餘生裡回想多少次，都能輕易地找回當初的悸動，都能被當時的那一幕所感動，一定有的，一定有些片刻，你捨不得忘。

言哲站在台下看見被沸沸揚揚的繁盛包圍，台上的少年依舊英風盎然，甚至比以往他見過任何一個他都更加亮眼。他突然覺得有點驕傲，就是那種，你看，那是我的好朋友啊，他又帥、又聰明、又厲害。之於他，他總有一言不盡的憧憬。

有些紀念一直都只屬於自己。

言哲不是一個喜歡與別人有肢體接觸，似乎是對於人也有所謂的潔癖，只是這一天，他破天荒地擁抱了高中裡的同學。

為了擁抱一個人，他把所有的人都抱了一遍。

高中的最後一天。

下了一場瓢潑大雨，前所未有的暴雨，他們最後一次穿著校服。當下課鐘聲響起時，他們衝出了人群，跑出了學校，淋得一身濕答答的，卻是絕無僅有的快樂。

他們要成年了，要走進更大的世界了。

「乾杯——」

觥籌交錯之間，是未來與現在碰撞的聲音，那時的他們都嚮往著長大，都想要成為厲害的大人，只是他們都沒有想到，長大也意味著他們未曾想過的殘忍。

那一年，他們丟了校服、丟了試卷、丟了每天一起上課的時光。

那一年，他們開始學著像大人般喝酒，學著像大人般假裝成熟，學著像大人般拋開往事向前走。

關於那一年的所有記憶，都是濕潤的，都是美好的。

只要回想起，就會熱淚盈眶的那種美好。

8

宋丞源不負眾望考上了那裡最好的大學。

言哲呢，在他的幫助下也考得不是太差，而且兩人的大學相隔得並不太遠，還是會隔三岔五就聚在一塊打鬧，跟從前沒有差別。

他一直覺得自己是幸運的人。

人們說，成年後的世界會漸漸地變得複雜，所有的感情關係都會摻雜著許多現實的因素，也因此，人潮中那麼多的來來往往，很少人真的能陪你走到最後。萍水相逢是世間的常態，陪伴一程是值得感激的事，陪伴好幾程則是很大的福氣。所以言哲覺得自己是個很幸運的人。至少到了這一刻，他覺得沒得到更多，也已經使他足夠滿足。

大一的時候，宋丞源和他的初戀女友分手了。

原因竟是出自言哲。

就在他們倆相戀三百天紀念日時。

那天他訂了一家很高級的餐廳，提前準備好紀念日禮物，還穿上新買的衣服，約會結束後可以拍照片留個紀念。

本來氣氛好好的，轉個頭來，宋丞源收到一個電話。

是醫院打來的，說得緊急又含糊不清，大概的意思就是：「言哲出了車禍，他的通訊錄裡面只存了這個電話號碼。」

宋丞源聽到的時候水差點噴出來，腦袋裡千萬種此起彼落的想法突然像是潮汐漲溢般一同迸發出來，大抵都是跟生死有關，有一瞬間他覺得自己腦袋缺氧，心臟遽然被挖空一樣，槁木死灰。

他是恐懼的，畢竟言哲對他而言是很重要的人。

宋丞源顧及不了那麼多，拿起自己的外套，又從口袋裡掏出了錢放在桌子上，他跟女孩說：「對不起，阿哲出了點事，我要去找他。真的、真的對不起，我們改天再約。」

女孩甚至還來不及反應，眼前這個臉色煞白的少年已經不見。

宋丞源忘了自己是怎麼趕到醫院的。

他一路跌跌撞撞，跑到醫院前台說出言哲的名字時，聲音都是顫抖的，喘著氣的他心口一陣陣的悶痛。

然後護士指了指某個病房，他呼踏踏地衝了進去。

言哲一臉驚愕地看著他，像是看一齣鬧劇一樣滑稽可笑。

「你不是出車禍嗎?!」宋丞源忍不住在病房裡怒吼了一聲。

「是沒錯，但我沒怎麼受傷。」言哲被他突如其來的吼聲嚇到，徐徐地回應：「我奶奶到處亂跑，我去找她的時候不小心出了點事……」

「那奶奶……」

「她沒事，我不小心擦撞到一點，醫生說讓我留下來觀察一下。」

「哦。」宋丞源沒好氣地回答。

彷彿是橡皮筋在極度蹦緊後的鬆馳，他整個人沒了所有力氣，一聲不吭地癱坐在病床旁的椅子上，突然有了想哭的衝動。

言哲怔住了，湊過去看看宋丞源微紅的眼睛。

宋丞源覺得言哲好煩，別過頭去。

這時宋丞源的手機響了，他低頭看了下訊息，是女朋友傳來的。

那個女生對他說，你為了言哲而放下我這種事情已經很多次了，有時候我搞不清楚自己在你心裡面到底重不重要，我們不如分手吧。

他現在是徹底地哭了。

宋丞源想不通，為什麼所有事情都非得要分一二，好像一定要有了排名才顯得事情足夠珍貴和重要，可是我們活在世界，怎麼可能只有一件事是重要的。

後來才悟出個道理。

我們從來都不需要幫感情排次序。

任何一種感情在我們的生命中都同樣重要，親情、愛情、友情，這三者從來都無法正確地去區別和界定，像是親情裡偶爾會攙雜著友情的成份，像是愛情裡活到最後變成親情那樣，像是友情也會有著如同愛情般的佔有欲。本來世界上所有的情感都沒辦法去定義，是人愚昧地自以為是將它們劃了分界線，才使得一切昭然若揭。

那天，宋丞源陪言哲在醫院待了一個晚上。

在所有人熟睡過去的深夜，言哲意外地睡不著，周遭充塞著人們安穩平均的呼吸聲，平靜而沉寂，幽邃地掩蓋了所有低微的心事。

他看著宋丞源的睡容，忽然不由自主地想起許多高中時候的場景，一幕幕都歷歷如繪，好像時間不曾往前走一樣。

只是那些曾經，曾經離自己很近。

宋丞源曾經抱怨過。

言哲畫過世間萬物，畫過星星點點的夜空，畫過夕曛如醉的日落，畫過旬月綿延的雨天，畫過他眼中見過的良辰美景，唯獨不願意畫他。

其實啊，他沒告訴他，他有畫過的，只是他覺得自己永遠畫不出心中的宋丞源樣子。畫不出他的明眸皓齒，也畫不出他的簇簇耀目。如同文字失效的瞬間，他複製不出他的美好。

這些心事終究還是會下落不明的吧。

當然宋丞源對於初戀的失去並沒有持續很久的時間，就熱衷於各種與隔壁大學的聯誼聚會。

言哲知道，宋丞源一直都是個喜愛熱鬧和喧嘩的人，他忍受不了寂寞。

於是宋丞源嘴巴上總是以初戀是因為言哲才會分手這件事作為要挾脅迫的理由，強迫言哲陪他去各種盛大的聯誼派對。

「去嘛！去嘛！」宋丞源在一旁威迫利誘。

「不去。」

宋丞源挑了挑眉，又不懷好意地說：「如果遇到好看的女生，我可以幫你啊！」

「……？」言哲斜眼看他，冷淡地說：「不要。」

「唉！就是因為某人，我才會失戀……」

「…………」

言哲不喜歡熱鬧，不愛走進人群裡面，不愛與人接觸，但是無論幾次，他最後都會答應陪宋丞源去參加那些聯誼聚會。

因為那個人是他，所以願意妥協。
我們總是願意為了在乎的東西妥協。
哪怕對方毫不知情。

9

言哲從不乏女生喜歡。
像他一樣又高又帥的男生，早就在他這個年紀交了無數個女朋友了。只是他對於愛情並沒有什麼概念，準確來說，他對於人與人之間的關係並沒有太大的執著。人會來，人會走，無論有沒有人，他還是這樣子步入更遙遠的未來裡。
人的一生會擁有許多，而愛情不是他的必需品。

有次，宋丞源聽到一個關於言哲的八卦。
在言哲就讀的藝術學院裡，言哲曾收過許多美女的告白，只是每一次都被他狠狠地無視。對此，他們一群兄弟見慣不怪，畢竟言哲是對世界上所有事物都不感興趣的人。
然而在大三的時候，言哲被一個女生展開一連串猛烈的追求。
對言哲來說，這簡直是「酷刑」。

雖說有教養的言哲從不會因此而去罵髒話或是說出什麼傷人的話，但他終究還是忍不住了，決定跟那個女生說清楚。

他是這樣拒絕她的：「我已經有喜歡的人。」

不得了。

這件事不僅僅在言哲的學校傳開來，甚至還不偏不倚地傳到了宋丞源的耳朵裡。

為了這件事，他號召了高中時的兄弟們，打算對他「嚴刑逼供」，逼他說出那個人到底是誰。因為啊，這麼多年來，言哲總是看著他們的八卦，總是一副置身事外的神情，看他們每個人為了愛情焦灼，自己卻像是看好戲一樣。

「說！到底是哪個女孩？」

宋丞源用手臂緊扣住言哲的脖子，稍稍用力，言哲就緊皺眉頭。

「……」

「你到底喜歡誰啊？」宋丞源死死地扣住他，聲音低沉而故作兇猛：「我怎麼不知道啊？」

言哲下意識抿了抿嘴唇，刻意地推開了宋丞源搭在自己肩上的手。

他說這話的語氣，隆重又神秘：

「就不告訴你啊。」

這麼說，多年之後，宋丞源也依然無從知曉這個秘密。

言哲優雅地坐在嘉賓席，淺淺地發放出一種樸素清新的俊氣，安靜地望著新郎和新娘。遠處看去就像是看著一個美好的童話故事沒有驚喜地往著大家期待的方向發展，童話故事中的主角笑得燦爛如花，無論多俗套的畫面也依然美好得讓人忍不住嫉妒。

他竟看恍了神。

手上那張寫著宋丞源和新娘名字的結婚邀請函是他畫的插畫。

原來多年後的他，終於可以自在地把心中的宋丞源畫出來了，沒有絲毫雜質地描繪出來，即使已經不再是當初少年的模樣。

回憶終究像個沉重的藏寶箱，被丟棄在廣大無垠的深海中央，無數盛夏交織出來的光景都沉沒在無人問津的海域深處，從此無人再能提起。

宋丞源來敬酒的時候，言哲為他展開一抹溫暖又清澈的笑容。在宋丞源的記憶中，他從未對誰露出過如此真心的笑容。

他忽然想起了畢業那一天的夜晚，不能喝酒的言哲剛成年，被大夥兒慫恿灌下了一瓶啤酒，然後醉倒在宋丞源的家裡，在那之後，他發誓從今以後不再喝酒。於是在迢迢歲月裡，只要有需要喝酒的聚會，宋丞源都會替他喝，所以他早已經忘了酒是什麼味道了。

言哲舉起酒杯，一飲而盡。

真想為他醉一次啊。

11

在那之後，他一直一個人，像從前一樣。

——記念一段珍貴的陪伴

悲傷過度是愛

「有些愛本身就是悲傷的存在。」

1

她最恨的人是她最愛的人。

2

在莫妮的認知裡，家庭就是這個模樣的。

快到六點了。

莫妮會在算好的時間內回到自己的家，打開公寓大樓的大門，經過管理員的接待台，如常地按下電梯的按鈕，然後等待著電梯到達。電梯來了，她走進去，按了相對應的樓層數，等待電梯上升到自己的家。「叮」一聲，到了，她走了出去，空蕩蕩的走廊迴盪著她零星的腳步聲，然後在她掏出自己家的鑰匙前，門已提前打開，母親正在家門處，等著她回來。

剛踏進家門，母親就熱烈地幫她把書包脫了下來，接過她捧在手上的課本。

莫妮看了一下屋內，已經做好了滿桌子的菜，電視旁是公寓的閉路螢幕，噢，母親習慣這樣窺探她回家的過程。

「妮妮，你看，我做了妳喜歡吃的排骨。」母親一臉寵溺地說。

「爸爸呢？」

莫妮洗了洗手，坐上了餐桌，默默地吃著飯。

「爸爸加班呢，要晚一點回來。」

在莫妮的記憶裡，上一次全家三口坐在同一張桌子上吃飯彷彿是上輩子的事，她有點記不清楚。父親的工作非常刻苦，總是早出晚歸；而母親是家裡的全部，也是莫妮生活的全部。因為父親常常不在家，莫妮從小就是跟母親同床睡覺的。似乎並沒有什麼奇怪的地方。

「媽，我週末想跟朋友出去玩。」

莫妮感覺到母親的心情似乎還不錯，在扒著飯碗的中途，突然冒出一句話。

「哦，好呀！」母親夾了一塊排骨放進她的碗裡，又接著道：「是哪個朋友？我認識嗎？」

「認識的，蘇昀，之前我跟你講過的那個女孩。」莫妮見到母親的應允，眼睛一亮，緊接著馬上解釋。

「那好，妳回頭把那女孩的聯絡方式寫給我。」

「嗯嗯好的。」莫妮又繼續看著電視吃飯。

「還有妳們幾點出去、去哪兒都要告訴我。」

莫妮在母親面前是沒有秘密的。

或許是與生俱來的，不能有秘密的存在。

怎麼說呢。

有些關係就是這樣，似乎是從一開始就已經定好了相處模式，而往後的成長過程中，這種模式越是隨著時間而根深蒂固，就越難以去推翻或是重建。彼此早已經習慣了對方在這段關係裡的角色，只要一方覺得沒問題，另一方就得配合著，無從扭轉。

莫妮和母親也是這樣。

一方是給予，一方只能是接受。這是她從小就知道的事。

自她有意識以來，她覺得家庭就該是這個樣子。

在沒看過更大的世界之前，總以為自己眼前的世界就是全部。

那一個週末。

當莫妮和蘇昀出去逛街玩耍的時候，莫妮意外地把手機轉成靜音模式，直到蘇昀接到了來自莫妮母親的電話，她才看了看自己的手機，有二十八個未接來電，以及十五條訊息。

在母親的簡訊裡，從不會有「今天吃了什麼好吃的啊？」或是「開心嗎？」之類讓人覺得溫馨的話，而是「妳在哪？」、「怎麼不接電話？」、「是不是出了什麼事？」、「我很擔心！快回我電話。」、「妳怎麼都沒交代呢！」

莫妮跟蘇昀說了抱歉，接過她的電話，溫順地應了聲：「喂——」

「妳剛剛幹嘛去了？怎麼不接電話呢？妳知不知道我會擔心的啊？」

她還沒說出下一個字，電話對頭的母親就著急地說了一連串的話。

「嗯嗯，對不起，我下次會注意。」莫妮盡可能地低聲下氣來安撫著有點暴躁的母親。

好不容易終於掛了電話。

「吶，妳媽管挺嚴的。」

蘇昀無意識地說了一句，儘管她的語氣並不是調侃或是嘲諷，但莫妮聽進耳裡，全都是刺，像是新買來的衣服後脖處的商標淺淺地磨得發疼，讓她無地自容地煞白了臉。

第一次看到世界存在著落差，是初中的時候。

蘇昀變成了莫妮的好朋友，無論是上學還是下課，她們總是形影不離，而且時常黏在一塊。母親也漸漸熟悉了蘇昀，所以每次只要用蘇昀的名字，就能得到最大程度的自由。

從那個時候開始，莫妮就非常喜歡去蘇昀的家。

蘇昀的家沒有她的家那麼大，甚至是堆滿了雜物，有點凌亂。每次蘇昀媽媽聽說莫妮要來，就會準備莫妮愛吃的冰淇淋。有時候蘇昀的爸爸提早下班，他們幾個人就會在晚飯過後一起看電視，還會一起玩大富翁，誰輸了遊戲誰就要去洗碗。

噢，莫妮還記得有一次，蘇昀喜歡的明星上了綜藝節目，他們一家人都陪著她看。她的媽媽還說：「那個明星長得真俊！」

蘇昀是個開朗幸福的孩子，從很小的時候，她爸媽就說，多出去走走吧，整天待在家裡也不好。

莫妮是從那個時候開始，有了一種叫做羨慕的情感。

原來，正常的家庭是這樣的。

溫暖而自由自在。

這兩個特質，莫妮從來沒有在自己家中感受過。

於是總會貪婪地、肆意地想在這樣的家待久一點，直到母親打電話來，讓她幾點前一定要到家。她會依依不捨地留到最後一分鐘，而蘇昀的媽媽總是溫柔地說：「妮妮，我們下一次見啦！小心回家！」

然後她回到家，乾淨得一塵不染的客廳裡，母親坐在沙發上，孑身一人看著電視，一邊碎唸著她怎麼一天到晚都在外面不回家，怎麼好在別人家打擾作息。不知道為什麼，自己家裡總透著一種清冷又荒涼的氣息，莫妮每一次都忍不住躲進了房間。

在家裡，她是不能關房門的。

母親需要時時刻刻知道她正在做什麼。

在她上學的時候，母親會偷看她寫的日記，也會去檢視電腦裡她上過的網站，家裡所有關於莫妮的東西，母親都是知曉的。她不能擁有屬於自己的秘密。

「妮妮，妳以後還是把頭髮綁起來吧，我不想那些男生們看妳。」
「妮妮，我今天看到這套衣服好好看，妳知道的，我喜歡紅色，妳穿紅色一定好看。」
「妮妮，喝牛奶健康，以後每天早上都要喝牛奶。」
「妮妮，不要去公園玩了，那些都是野孩子，會把妳帶壞的，家裡什麼都有。」
「妮妮，媽媽最愛妳的呀。」
「妮妮，妳是在愛裡長大的孩子啊。」

他們說，這都是因為愛。
他們說，只要是愛，你就要心存感激。

3

在所有人的眼裡，莫妮是幸福的。
她的爸爸挺會賺錢，家裡從不匱乏什麼，是小康之家，想要什麼，家人都會盡力滿足她。她知道母親的疼愛，總是給她買新衣服、陪她念書、做些她愛吃的飯菜。她擁有所有人眼裡都羨煞的物質，所以她時常聽到人們這麼說，妳真的很幸福啊，是個在愛裡長大的孩子。

於是在悠長的歲月裡，她不明白那些在皮下沸騰的厭惡情緒是從何而來。那一丁點大的惡毒想法從很久以前就根植在她的心中，被她擱置在內心最隱密的一塊，那一塊沒有絲毫的陽光照得進去，既潮濕又詭秘，是禁忌之地，是連她自己也厭惡、也害怕去經過的一塊神秘森林。

不能的，世間教我們要愛家人，要感激父母養育之恩，要盡孝道。

這一切都是愛啊。

初三的時候，莫妮無意之中在下課後和蘇昀逛商場時，見到了爸爸和另一個女人在一起。

她也不知道自己怎麼回事，她竟沒有感覺到一絲的驚訝。

或許，是因為在她看見父親的那一刻，才發現，她已經很多年沒從父親的臉上看到如此幸福美滿的笑容了。

恨嗎、失望嗎、難受嗎、憤怒嗎。不多不少都有一些。可是她知道，她又能怎麼樣呢，她能走上前搧那個女人兩巴掌嗎，抑或是哭鬧著求爸爸不要拋棄她母女倆嗎，又或者是把事情告訴自己母親，然後隔岸觀火嗎。無論是哪一種，她都覺得沒有任何意義。

也是這個時候，她懂得世界上本來有很多事情都是無能為力的。

唯有去接受它，像是母親對於她的偏執，像是父親對於家的背叛。

後來莫妮回想起來的時候，才默默地懂得，或許很多事情早就有了端倪，所以她很平靜地接受了這件事的發生。

人總是被逼著長大的。

那時候莫妮就知道，這個家不會再完整了。

不會再有一家三口快樂溫馨地吃飯的畫面，再也不會有了。

她忽然心疼了起來，那個在深夜裡守著一盞燈，默默地等著丈夫歸家的女人，那個除了家什麼都沒有的女人，那個連自己女兒都厭惡著的女人。

她的心總是這樣無預警地疼痛著，當她看著母親的時候。

她回家看見母親，熱衷為她煮了一桌子的飯，替她收拾好書包的神情，莫妮默默地在暗地裡紅了眼眶，花光了全身的力氣不讓眼淚掉下。

回到自己的房間，她看著日記本有被打開過的痕跡。

第二天如常，母親叫醒她，桌上放著她喝到想吐的牛奶。

依然穿著她討厭的紅衣服。

照舊地沒有那些去公園玩耍的記憶，她的童年只待在家裡。

她的母親仍然每天看著閉路電視等她回來。

莫妮依然活在這樣的生活之中，每天每天都像極了一隻沒有情感的精緻娃娃。

無數個夜裡，她會夢到父親出軌的畫面，然後驚醒過來。夢中父親的樣子如此真實，在她恍神的時候，從自己的臉頰旁摸到一把苦澀的淚。

身旁的母親一如既往地睡得安穩，微微地打呼，那張慈祥的臉容在黑夜裡沒有任何攻擊性，像極了莫妮想像中理想母親的模樣。她的眼淚再也止不住了，於是死死地摀住嘴巴，直到顫抖了身體，似乎驚動到正在酣睡的母親，她馬上翻過身用棉被蓋住自己，不敢有任何舉動。

母親眼神朦朧地探身看了她一下，又繼續睡了過去。

莫妮緊緊地裹住自己，她連哭泣的地方都沒有了。

淚水被她深深地藏在被窩和枕頭裡。

從那個時候開始的，她睡不著了。

十五歲的她，對於一切都無法理解。

她不能理解這樣的家庭，不能理解人們口中所說的——她是個在愛裡長大的孩子；不能理解這麼固執又有佔有慾的母親，不能理解父親背叛的行為，也不能理解自己，對於家庭的一切恨意。

好想長大，長大就能擺脫他們了，長大就能找個地方放聲地大哭了。

這樣的自己，是怎麼回事呢。
是從什麼時候開始，逐漸壞掉的呢。

4

十六歲那年，她談了戀愛。
是一個叫許諾的男孩子，陽光、善良、美好，足夠支撐她走過很多幽暗的低谷，成為了她逃離世界的窗口。她第一次見到世間的美好，就是因為這個男孩。
苟且偷生的快樂持續了一年，十七歲那年冬天，所有的美好都被碾碎了。
母親查看了她的日記和日常所有的蛛絲馬跡，終究她還是無法藏住這個秘密，在母親面前她還是赤裸的。

從那時開始，在遙遙無期的年華她被關在房間裡，失去了可以跟外界聯繫的途徑，失去所有可以跟許諾相處的時光，被母親緊緊地箝制著，帶著愛的名義將莫妮束縛在家裡。她失去了可以飛翔的翅膀，也失去了那個牽著她、陪伴她一路前行的人。
她開始每天要準時回到家，一分不差，試過有一次遲了五分鐘回家，便被抽了一記耳光，倒在地板上，耳朵轟轟作響，分不清東南西北，臉上火辣辣地失去知覺，然後蔓延至全身，連同心臟一起失去了所有感知。

她不再擁有任何課外活動，不能在週末時出門，不能使用電話也不能用電腦上網。她回到像荒島般的房間，天天落淚，天天怨恨著世界。面對著偌大的四面牆壁，她只有周而復始地溫習，窗外是鈷藍色的天空，她埋頭做著一份又一份的考題，偶爾抬起頭來會出現那些密密麻麻的文字幻影，還有記憶中他溫暖的臉孔，頻繁地出現在那一段荒唐的時間裡。

她常常在想，彷彿像隻寵物一樣活著的自己，到底算是什麼東西。

她好恨，憎恨著一切。

然而，母親只會輕柔地摸著她的頭，慈祥地對她說：「妮妮，媽媽是為妳好，妳長大了就會明白了。」

什麼是為她好。什麼是母親口中所謂的愛呢。

她好恨啊，這算哪門子狗屁的愛，這算哪門子狗屁的好。

那些被斬斷翅膀的日子，她重新回到滿佈殘骸的洞穴裡，低微地、沒有尊嚴地生存著，像隻失智的獸，繼續痛不可抑的生活。被無形的繩綁住的手腳失去了任何力氣，不再掙扎也不再反抗，她癱軟在這個杳無生息的家，成為母親眼中乖巧的存在。

在家庭裡面，所有的事情一旦冠上了「以愛之名」，就沒有任何可以轉圜的餘地，一切都像是命運使然，我們必須接受父母給予的一切，包括一些隱形的箝制和傷害。

只要你有一點反叛，人們就會說「真不孝啊」、「他們是為你好」、「你怎麼這麼不懂事」，或者「等你長大就懂了」這樣的話，但我們算什麼呢？那擁有著自己思想的我們，到底算是什麼東西。

莫妮很早就已經知道，她一直都是母親的芭比娃娃。

而洋娃娃是不該反叛它的主人的。

「妮妮，媽媽是真的愛妳。」

莫妮聽著這些話，不可抑止地想要反胃和作嘔。

她的心就在這個反覆又壓抑的過程中，慢慢地變得荒涼，心漸漸流失掉所有溫熱，剩下的被腐蝕蠹蛀的框架也慢慢地坍塌。血液流動過的地方，無聲地石化，從細微血管開始，直到整個心臟，肉眼可見地潰爛，變成沒有生存跡象的石頭。

在最應該生機蓬勃的年紀裡，在最充滿希望的年紀裡，在最青春活力的年紀裡，在應該覺得世界充滿著美好和幸福、充滿著對愛憧憬的年紀裡——

她怎麼會破碎成這樣呢。

她怎麼會醜陋成這樣呢。

5

高三那年，母親得了急性肺炎。

從學校下課後按時回到家，沒看到母親卻接到父親的電話，說母親住院了，情況有點嚴重，具體情形為何尚不明朗。父親因為工作的關係無法到場，要她馬上趕到醫院去看看母親。

該怎麼說莫妮當時的感受呢。

拿著電話的她，所有的動作靜止，乖巧地聽著父親說明著狀況。當父親交代完畢切斷電話時，她頓時失去所有力氣，一屁股坐在磁磚地板上，冰冷得像是感受不到任何溫度，如同掉落進一個巨大的黑洞，周遭變得陰暗與模糊，雙眼驟然被強制掠奪了所有光線，恐懼抵住了她的胸口。

人的思想是神奇的存在。

儘管整個身體都歸人的大腦所控制，但是唯獨想法從來不按照任何公式來進行。我們看到的，我們感受到的，從不是一板一眼的完美指令，而是自然而然的情感所引發出一系列的想像，那麼，這些無中生有的念頭到底是怎麼回事呢。

莫妮趕去醫院的途中查了很多關於急性肺炎的資料，網路上說肺炎名列十大死因之一，比肺癌還容易致死。她磕磕撞撞地趕到目的地，經過長長的走廊，空氣中充塞著難聞的消毒水味，頭頂的白光炫目得刺痛她的眼，她急促地朝前方跑去，臉上卻沒有任何感情。

迸發出來的所有情緒之中，她第一個感受到的，竟不是什麼負面的東西。

怎麼回事呢，這樣的自己。

那些躲在神經末梢四處竄動著，明目張膽地肆虐著的臆想，到底是怎麼回事呢。

如果——

萬一真的——

要是媽媽真的死了——

這些刺骨鮮血的想法暗自地滋長著，等她回過神來，她已經無法抑止住自己掉進濃蔭蔽天的深淵裡面，明明心臟還在劇烈地猛跳著，但是怎麼會呢，她怎麼就感覺不到絲毫生命的痕跡呢。

肯定有的吧。活在這個世上肯定有過一些誰都不允許的狠毒想法。

那些被藏在渺小的罅隙裡偷偷地揣測著的怨恨，因為不被世界允許，所以就連自己也鬼祟地遮掩著，私自地、無可自拔地、無能為力地琢磨著。

那些從地表深處緩緩流出，滾燙又刺痛如同岩漿一樣的惡毒想法，又算是什麼呢。那些無由來從虛無地方滋長出來的「如果母親不在就好了」的這般想法，又算是什麼東西呢。那個被恨意和厭惡充斥著，浸泡得體無完膚的自己，到底算是個什麼東西。

一個不成形的怪物。

一個連自己都唾棄的存在。

心臟壞掉的那一部分開始朝向明亮的地方大幅地腐蝕著，世界上有些東西就是你竭盡全力，卻還是沒能阻止它衰毀。於是她一點一點地看著自己的心臟麻木，然後失去知覺，血淋淋的器官逐漸腐爛，然後惡臭，最後滿佈屍蟲，慘不忍睹。

誰才是最該死的那個人呢。

在那之後莫妮時常聽見這樣的聲音，悄聲慢語地在她的耳邊邪魅地說，掠奪了這個世界的所有聲響，正中地敲在她心臟最柔軟的位置。

一擊斃命。

她一直是知道的，她不是一個值得擁有幸福的人。

畢竟一個醜陋的人又憑什麼得到光明的眷顧。

6

後來母親如願地痊癒之後，發現了父親出軌的事。

那一天晚上，莫妮回到家，從走廊就能聽到母親尖刻的嘶吼聲，她緩緩地走近，最後站在了門外面，並沒有走進去。

裡面傳來一陣碗碟摔碎的聲響，明亮清脆。

莫妮能夠想像得到母親歇斯底里的神情，瞪圓了凹陷的雙眸，枯黃的臉孔寫滿了怨恨，滿佈著歲月痕跡的皺紋和顯眼的白髮絲，乾癟枯瘦的身軀死死地拽住父親，倔強尖銳的聲音不作絲毫的退讓。

母親總是這樣的，做什麼事都有她頑固的想法，並且把這些想法加諸在其他人的身上。

然後又是一陣玻璃破裂的聲音。

父親說，離婚吧，我受不了了。

母親就在駭人的死寂裡淒厲地大喊大叫。

最終，父親衝出家門，一打開門，就直勾勾地看見她杵在門外。

他什麼都沒說，他一向都是堅忍的，承繼了所有男人應有的特質，固執且不擅言辭，他默默地凝視了她幾秒，之間什麼都沒說。

莫妮是面無表情的，她沒有哭，像是很早以前就下定決心，不再為這個家哭泣。

父親最終還是越過她走了，身後傳來母親不饒人的聲音，死死地怨恨著：「你走我就死給你看！」

然而，即便是這樣，父親還是走了，那一幕的神情無奈又悲傷。

她不禁想，原來家裡面不只有她一人覺得疲憊，不只有她痛苦和煎熬，長時間的怨恨和疏離把本來屬於家的溫暖和愛消磨得一乾二淨，滾燙的心逐漸變得冰冷。每個人都帶著面目可憎的模樣去傷害著彼此，直到潰不成軍，直到分崩離析。

父親最後看她的眼神，彷彿在說，我走了，以後這些你要自己承受了。

她在那一刻突然覺得世界真的很荒謬。

愛是為了什麼，結婚是為了什麼，家又是為了什麼。說過的話可以不算數，許下的承諾可以作毀，連婚姻這種東西都可以說斷就斷的話，世界上還有什麼東西是不會磨滅的呢。

不過，後來她想這樣也是最好的了。

他們終於不用互相傷害了。

只是沒有人知道，在這些巨大的戰爭背後，遍體鱗傷的是她，碎得最徹底的人也是她。

她沒有家了，她沒有一個完整的地方了，都沒有了。

她恨他們，她一直都是恨他們的。

無論是父親還是母親，她都是憎恨的，當她隨著時間越長越大，越來越看清這世界的廣闊，她恨他們為什麼不能給她一個完美的家庭。恨他們的自私，恨他們的任意妄為，倘若他們能為她著想萬分之一，她都不至於這麼碎不成形。

只是，這些恨是從哪裡來的呢？

世上所有的情感都並非無中生有，肯定有什麼非常悲傷的原因，才讓她這麼地恨他們。肯定是有的，否則，她怎麼會在他們看不見的地方裡，一次又一次地失聲痛哭。

我想可能是因為愛吧。

當她回過頭，看著倒在一地玻璃碎片之中的母親，頭髮凌亂不堪，雙手按在碎片中被割得不斷流著鮮血，血淋淋的紅刺得莫妮雙眼發疼。

母親雙目是渙散的，找了很久才找到了聚焦點，她終於看到了莫妮。

女兒木然的身影漸漸變得清晰。

母親緩緩地露出了慘淡又疲乏的笑容，她盯著莫妮看，彷彿在看她人生裡唯一一道光。

那是莫妮聽到來自這個世界上最悲慟的話語——

「妮妮，媽媽只剩下你了。」

7

成為一個人的全世界，是悲傷又沉重的事。

莫妮渴望著長大，盼到了十八歲，考上大學，終於可以離開家，去過她想要的生活，離開那些囚禁，離開那個像監獄的地方和她承受不了的愛。幾乎是用逃的方式，逃出了自己的家，帶上她僅有的行李，還有那剩餘一點點對於生命的盼望，離開了這個家。
母親執意要送她去火車站，替她拿笨重的行李箱。
兩人一路上並沒有說什麼話，母親叮嚀了幾句，莫妮也乖巧地回應，像往常一樣。
終於來到了火車站，離分別的時間越來越近，莫妮能從母親暗自緊捏的雙手中，看出她的焦灼和不捨，但她終究也還是什麼話都沒說。
「到了跟我打電話。」母親拉起了自己的手，緊緊地握著。
「知道了。」莫妮平靜地回答。
然後母親一把抱住了她，明明不是什麼很大的勁力，莫妮卻感覺到前所未有的窒息和難受，溢滿了她的胸腔，她忍不住大口的吸氣。
車站發出了提示的訊息，莫妮掙脫開母親緊迫的懷抱，走上了火車，然後找到靠窗的位置。她瞧見玻璃窗外母親憂心的神情，正直直地看著自己。
她不由自主地移開了視線，低頭假裝整理自己的行裝。
直到火車徐徐地發動了，她眼角餘光依然瞥見母親站在原地，用著一如過去十八年那灼熱的目光望向她，未曾移開。
莫妮咬住嘴唇，屏息等待著火車快點駛出車站。
慢慢地，火車開始加速，母親的身影在她的眼角漸漸遙遠。

她以為她不會想要看母親一眼的。

可是就在火車快駛出車站的一瞬，她仍然習慣性地回頭尋找著母親蒼老的身影，在目光中匆匆地縮小，在火車無情的速度中忽爾不見。一下子母親就離開了她的視線，像是被殘酷地拋到光年之外般，被她丟棄在破舊孤寂的過去裡。

怎麼回事呢。

眼淚不受控地從她的雙眸流出，酸澀的感覺迅速地蔓延至全身，她開始無法壓抑地大哭了起來，驚動了身旁的女生，湊過頭來問她，還好嗎。她痛哭得講不出一個字來，上氣不接下氣，難受得無法呼吸，淚水潸潸而落，如同下了一夜的滂沱大雨，沒有盡頭。

莫妮快要窒息了，難受得快要死去了。

有沒有人可以來救救她，救救這個壞掉的她。

莫妮知道她是永遠無法獲得自由的。

失去父親的母親比從前更加偏執了，那些對於父親的情感雙倍地疊加在莫妮身上，排山倒海的愛意讓她無法喘息。

在她上了大學，離開了家裡之後，更加嚴重了。

開始是一日幾次打電話給她，無論她在上課還是在打工。有時候她沒有接到母親的電話，接著就會收到一連串的訊息，擔心她出了什麼意外，為什麼不接電話，為什麼不回簡訊。

而莫妮，她會以最大程度地漠視這一切，講電話時會急切地掛斷，想要快速斬斷與母親的連結；發簡訊的時候，盡可能冷淡地回答。

「吃飯了嗎？」

「吃了。」

「在做什麼呢？今天累不累啊？」

「在忙。」

「讀書辛不辛苦啊？媽媽去看妳好不好？」

「還好。」

「期中考了嗎？不要打那麼多工了。」

「嗯。」

其實明明可以不用這樣的，明明可以像是普通人一樣相互傳訊息，並不是什麼令人難受的內容，也不會受到什麼巨大的傷害。

可是莫妮沒辦法，她沒辦法控制自己厭惡著關於母親的一切。

人的身體是有記憶的。

就像是在受過傷的地方會生長出更厚實的皮膚來，反反覆覆地將坑洞積成厚繭，當重新回到沼澤的時候，會下意識地記得哪一條是曾經深陷過的泥土。人類為了能抵抗世上所有最嚴峻的環境，早就給自己設下了記憶裝置，提醒我們不要再重蹈覆轍，不要再深陷一次。
面對母親的莫妮也是如此。

一收到母親電話和訊息，她彷彿又回到那個冷冰冰的公寓房裡，素色的四面牆壁，客廳飯桌上擺放著她愛吃的飯菜，可她如同一個沒穿衣服的人那樣赤裸，也如同一隻乖巧的寵物等待著投餵。母親總是仁慈地微笑著，替她準備好所有生活所需，氧氣、食物、廁所和娛樂，彷彿在對她說，我什麼都能給你，除了外面的世界。
她的身體是如此的恐懼。
恐懼得只要一踏入任何危險的範圍內，就開始惴惴不安，就開始變得醜陋，開始憎恨著這一切。

母親是個可憐的人。
她其實是知道的，比任何一個人都清楚。
所以她比誰都無法原諒，原諒這個總是想要從母親身邊逃離的自己。

我是真的很恨妳。
那麼的恨妳，所以我才會恨我自己，因為我知道妳很愛我，而我像妳愛我那樣恨妳。我一想到我恨妳，我就恨自己，恨不得毀掉自己。

所有人都說妳對我好，所以十八年了，我仍舊沒有辦法掙脫妳給我的監獄，我永遠沒辦法掙脫了，無論我逃到哪裡，妳永遠都是我的母親。

因為妳愛我，我好像連恨妳的資格都沒有。

8

大學生活沒多久，莫妮就生病了。

起初她不明白，什麼是憂鬱症，直到她開始妄顧自己的生命，總做著傷害自己的事。大學的室友便帶她去看了醫生。

重度憂鬱。

無數的夜裡，她又重新夢到，那一天奔跑在醫院泛白的長廊裡，趕著去見生病母親的自己。

鏡頭拉到走廊的末端，可以清晰地看見她從轉角出來，狼狽地向著某間病房跑了過去，越靠近病房，速度就越是緩慢了下來。在沒人看見的光與暗交迭中，如同在顯微鏡下被放大檢視的細胞，所有醜惡都欲蓋彌彰，她並沒有露出悲傷的表情。

腦袋裡爆發出來無數個數不清的黑暗想法，每一個都像是枷鎖，牢牢地扣住她的生命，日復一日增加的罪名，無從逃脫的命運桎梏。

這樣的她，該去哪兒呢？

她再也不能像個正常人一樣生活了。走在人群裡，她覺得自己像一頭怪物，一頭被悲傷和醜惡吞噬的怪物。她開始無法正常地去上課，她害怕人群，害怕受到別人的目光注視，任何一丁點的關心對於她來說都是負荷，她只想躲進沒人看見的黑暗裡，渾渾噩噩地過著沒有天光的日子，如同那些活在地球下水道底層的蛇蟲鼠蟻，獨自地發臭。

莫妮從來不會傷害身邊的人，她只會傷害自己。她開始胡亂地吃著那些藥物，有時候走在路上，見到馬路、見到利器都會想要衝上去，每天每天都祈求著一些意外能夠發生在自己身上。

母親照常地滲透她的生活。依然每天都收到那些逼人的訊息，然後不自覺發狂地把手機狠狠地往地上摔。過後清醒一點時，自己又緩緩地拾起手機，一邊流著淚，一邊像以往一樣乖巧地答覆母親的訊息。如同一個破碎了的洋娃娃，一個止不住淚的洋娃娃。

就在她生病的時候，她遇到了一個很愛她的男孩蘇尋。

他知道她有一個破碎的靈魂，知道她的悲傷，知道她心裡的黑洞，知道她的絕望，知道她的滿身瘡痍，知道她渴望被愛的心靈，知道她的無能為力。當時他只是想照顧好她，想要替她撫平那些傷口，想要替她擦拭那些源源不絕的眼淚，想要成為她的光芒，哪怕微弱，也希望自己能夠照進她漆黑的生命裡。

他永遠記得那是一個被暴雨轟醒的凌晨，她來找他的時候渾身都濕透了，雙眼裡滿滿是暴衝的血絲，他已經無法分辨在她臉上的是雨水還是淚水，她全身發抖，一身寒氣逼人，宛如一個失去溫度的娃娃。

他看著她拿著美工刀傷害自己，那一刻他真的覺得她會毫不猶豫地死在自己面前。沒有人知道當時的他有多麼恐懼，後來他想，她應該真的很痛苦吧，一個人要有多麼的痛苦和絕望才會有那麼決絕的眼神，才會這麼想要離開這個世界。

那一次自殺未遂後，蘇尋決定私下聯繫莫妮的母親。

他沒告訴莫妮的母親她為什麼會生病，只是簡單地訴說了她的情況，請她的母親務必不要再做任何行動去刺激她。

然而，莫妮的母親是不能理解的。

在母親的心中，她給予了自己女兒全部的生命，拼命地對女兒好，把她當成一塊寶般恨不得護在胸口，而莫妮怎麼就生病了呢？一個在愛裡長大的孩子，怎麼會生著靈魂的病呢？

在得知莫妮自殺之後，母親開口對她說的第一句是：「妳不要死啊，妳死了我就跟著去死。」

那瞬間莫妮在想，不如就死了吧，因為她知道永遠擺脫不了自己的家庭。世界上許多事情努力就可以達成、都可以改變，可是唯獨這件事不能，永遠都不能。她的爸媽永遠是她的爸媽，她一輩子都逃不出了的，她只能這樣子接受，直到她死，或是直到爸媽死。

像是已經混進血液裡的毒素，它們永遠殘留在身體之內，隨著神經和細胞，一天一天地折磨你，使你疼痛，卻叫你無能為力地忍受。

「對不起，是媽媽對不起妳。」

有那麼一刻，莫妮想要站起來指著母親憤怒地說：「對，就是妳，我有病都是因為妳，我想死也是因為妳，是妳把我的人生搞成這樣，妳憑什麼說對不起，憑什麼要我的原諒，妳沒有資格，妳是我最想要逃離的存在，妳知道嗎?!」

千言萬語卻匯成了一句——

「嗯，沒事，已經沒關係了。」

溫柔的人總習慣先委屈自己。

莫妮是這樣的，她想她還是愛媽媽，只是這種愛沒有人看得見，只會在無人的時候為了愛恨而歇斯底里。這就是莫妮的愛，溫柔的愛，沉著的愛。

所以她沒有說。

在漫長又刻骨的歲月裡，她總是沒有說。

母親總是讓她去找父親要錢，她為了沒錢的媽媽，自己打了好多份工，卻對媽媽說：「嗯，這都是爸爸給的生活費」。還有那個她離開家裡到外地念書的下午，在火車上看著母親漸行漸遠的身影，哭得喘不過氣來。還有數不清的夜裡，夢見那個憎恨著母親的自己，在醒來後忍不住傷害自己的莫妮。

她是如此地恨著媽媽，又如此地愛著媽媽。

9

母親的存在給她帶來的影響，比想像中的大。

以至於在往後的餘生，她都討厭紅色，也不能再喝任何牛奶，這些都只是表面。更深層的是，使她對於任何關心她的人，都有一種深切的恐懼，一旦有人靠近一點，她就會想起母親過度的關心和親切，她厭惡著別人帶有溫度的視線和目光。還有，她害怕愛情，害怕自己總有一天也會像母親那樣，成為敏感又充滿佔有慾的人。害怕著婚姻，害怕著世界上所有的情感，即便蘇尋是這麼好的人，她也還是害怕著，也疏離著。

她時常想要問母親，我終於變成這樣子了，妳滿意了嗎？

開始吃藥的她，精神非常萎靡，生活根本難以自理，藥物讓她失去了思考的能力，儘管她不再感到極致的悲傷，卻也失去了集中力。渾濁，朦朧，焦慮，有時候會坐著發呆好幾個小時。要不睡不著，要不醒不來，迷迷糊糊的，有時站都站不穩。閉上眼睛一片空白，什麼都不想也好，連想要離開世界的想法也不想了。可藥效過去之後，還是會上網去查各種死去的方法，心裡還是會有對於死亡的憧憬。

蘇尋陪她去看醫生，陪她到學校做心理輔導。

有一次輔導老師跟她說了這樣的話：「憎恨父母的自己，並沒有錯。」

從來沒有人跟她說沒關係。

憎恨著父母也沒關係。

變得醜陋也沒有關係。

崩壞、碎不成形也全都沒有關係。

從來沒有人跟她說這些，所以長期以來，她活在這樣理所當然的罪惡裡，活在這些名為愛的綁架裡，被無形的繩勒住脖子，每分每秒都喘不過氣來。世人會指責著她這些惡毒的想法，甚至是自己也不容許恨意存在。是的，從來沒有人教她，沒有人勸解她，說其實都沒關係的，壞掉也沒關係，痛恨也沒關係，這些不過是情感的一部分。

總得要允許的，這個世界有光明就會有黑暗，有快樂就會有悲傷，有喜愛就會憎惡。總要去承認的，承認這些惡質存在的必要。

「妮妮，在這個世界上，每個人都有不同的愛人方式，只是剛好那個人愛妳的方式，妳不喜歡而已。我們對於世上所有的情感都有著喜歡或是討厭的權利，妳也不例外。」

所以真的沒關係。

討厭不討厭，喜歡不喜歡，都沒關係。

不用逼自己去愛他們。

等你哪一天，不再在意了，再去努力就好了。

因為不知道會是什麼時候，那我們就活活看，看看自己是否能夠真的變得無所謂。

在莫妮又想要傷害自己的夜裡，她忽然想到這些話。

居然也發現那些自己曾經對身體造成的傷害緩慢地發疼，好久沒有過了，擁有著真實心痛或是快樂的感覺。好久沒有過了，感受到自己心臟的跳動。

在治療的過程裡，蘇尋一直陪在她的身邊。

他和她說了一段話，後來她一直都記得很清楚——

「有些事是永遠都改變不了的，但是我們可以慢慢地接受它，接受這些悲傷的存在。這個世界上存在著許多不同的愛，我們不能否認，有些愛本身就是悲傷。」

10

並不是所有的故事都能活出一個好的結局。

莫妮不知道她要花多少時間去與自己和解，或是與母親和解，又或者是這些傷痕永遠不會有風乾的一天。她可能永遠不會原諒她的母親曾經用著扭曲的愛來對待她，這些事情可能永遠都不會有答案。

只是她開始明白了，自己對於母親的恨通通源自於對於母親的愛。

她知道她是愛著母親的，比自己想像中的愛還要多。

她也明白，其實她跟母親是一樣的，母親愛她的方式就是把她當成全世界；而她愛母親的方式就是傷害自己，所以之於母親而言，也是同樣痛苦、同樣悲傷的事。

我們都是人。
是人就會有著好與壞的情感，只是生而為人，我們都是第一次學習如何去愛人。
誰也不例外。

——記念所有破碎的童年

我的成長痛

「我們唯有一次次努力地絕處逢生。」

0

長大是個近似殘忍的過程。

我們唯有一次次努力地絕處逢生。

1

成績出來了。

你手拿著那張成績單，有點無力地垂下肩，薄薄的一張紙卻承載著你三年的努力和焦灼。你環顧四周，有人拿著成績單喜極而泣，有人仔細地端詳著，有人感到滿足。你的好朋友走過來問你考得如何，你用盡渾身的力氣擠出一個累人的笑容，淡淡地說「還可以吧」，嘴角扯出的彎角如此費勁，如同你這三年的時光。

連夢裡都擺脫不了的考試和學校，耳邊響起唰唰的試卷翻閱聲。你記得有一次夢見考試的場景，身邊所有的人都在你餘光中飛快地答題，你恍惚地低頭看著自己的考卷，空白得刺痛你的眼睛。你拿筆的手在顫抖，腦袋卻像是被強制格式化什麼都想不起來。

那一次你哭著醒來，壓力積聚在胸口，只能大口地喘著氣，甚至也不敢讓自己太快樂，不敢讓自己心安理得地睡上一覺。

然而這一切都結束了，結束在手中的這張紙。

沉浸在灰白色的燈光裡，三年裡無數個埋頭念書的日子，一去不返地消磨掉了，換來的是手上那張紙。你重新低頭看了一下，再一次確定自己沒有看錯分數。

木然地走出學校，你看不見明亮的天空，也看不見迷霧過後關於未來的萬千光景。

現在手上的那張紙、那些成績、那些沒有溫度的數字就是你的全世界。

於是你崩潰地哭了起來。

你走在回家的路，世界像是要崩塌了，自己失去了所有的價值。

你盤算著該如何告訴家人，想像過所有他們會有的反應，你給自己預習了幾遍，在反覆的練習之中，你的心漸漸地麻木。

家人如你的想像一樣沒有安慰，父母親並沒有掩蓋自己失望的表情，反而刺眼地在你的面前展露，肆意給你施加更多的壓力，想要你從此發奮圖強。

你沒有告訴他們，你其實已經很努力。

後來，他們說起別人家的兒子和女兒，語氣裡透露著無數的失望和羨煞，你覺得家裡是個讓你窒息的地方。

他們有意無意說的話，每一句都像刺一樣戳進你的心。

沒有人關心，你在這個過程中辛不辛苦、累不累、努不努力。

大學放榜，你考上了一個不想去讀的學校。和家人商量之後，你決定要重考，其實你的內心覆滿恐懼。因為考試失利，你開始對自己沒有信心，不相信自己做得到，不相信自己也能擁有一個美好的未來。你感到前所未有的迷茫，有時候你在想，世界明明那麼大啊，為什麼就找不到一個可以容納自己的地方呢？自己該去哪呢，無從想像的未來讓你覺得無比痛苦。你的好朋友們都有他們該去的地方。所有人都在往前走了，只有自己被遲滯地留在原地。

重考的那一年。你過得並不快樂，從網路上看見你的好朋友展開新生活的照片，去了新的環境，認識了新的朋友，自己像個局外人一樣。你總是想起從前那些和朋友用力揮霍的歲月，說好一起長大的約定被拋在現實的腦後，逐漸疏離的朋友，毫不確定的未來，對於人生的失去和失望，每一樣都讓你厭倦。你忽然好像長大了一點，卻絲毫不帶一點快樂。這一年裡，你覺得自己急遽地懂得很多以前不懂的事情。

2

你還記得離開家裡那一天。

站在家門口，仔細地回顧家中的每分每寸，你看著這個成長的地方，熟悉的一切，讓你心安的味道，直到母親跟你說：「快點吧，要來不及了。」

你才不捨地邁開腳步來，走得每一步都重若千鈞。

媽媽說，你要乖，要堅強，要學會獨立。

你像是用力地被拋進未來裡面，不允許反抗，只能筆直地往前走，走進未知的遠方，走進百轉千迴的世界。

你實在沒有想到，大學的生活比想像中的要無趣一些。

每個人都像是一座寂寞又複沓的孤島，在等著誰降臨的同時，卻又穩穩地守著自己的心門，滾燙的心肺逐漸在慌忙中冷卻，換上更嶄新、更完善的面具，在擁擠裡慢慢地將虛偽變得熟練，然後笑得再快樂，也抵不住而後迎面撲來的落寞。或許大家都是這樣的，在人群中慢慢地丟失了最初的純粹和真心。

大抵是見過極致的燦爛，所以再也記不住沿路的風景站站。

總是沒由來地想念過去，你開始認為念舊不是一件好事，太過輕易地被回憶佔據，輕易地在記憶裡荒廢了現在。

打電話回家時，明明沒有發生什麼悲傷的事，但就在聽見爸媽聲音的瞬間，你的眼淚就忍不住撲簌落下。

你想到離開家的那天，你不忍轉身去看他們遙望你背影的眼神，好像就在這樣無意的剎那，發現他們站得不那麼直了，發現他們開始長出白髮，發現他們笑起來的時候多了一些皺紋。

聽著他們說：「有沒有好好吃飯啊？課業忙不忙？」

每次聽到這些家常話，眼淚就掉得更兇。你在他們看不見的電話另一側，對著空氣頻頻點頭，並且死死地摀住手機的聽筒，哭得杳無聲息。

你如鯁在喉，對父母說不出任何一點的辛酸，不能讓他們擔心。

於是你緩緩地說，沒事的，我過得很好。

假期的時候，你看見室友們紛紛返家去，宿舍裡只剩下你孤獨一人。

你望著標記在日曆上的紅色圈圈，看得恍神，你羨慕朋友們週末可以回家，只剩自己在空無一人的宿舍裡，數算著還有多少天的時間，可以坐飛機回去見家人一面。

好像這個地方裡沒有屬於你的天地，或者說，你壓根就不屬於這裡，你像是一隻飛越萬里的候鳥，停佇在陌生的枝頭，棲身於錯綜的地方。

每個人都有歸途，走得再遠都可以回到屬於自己的巢穴，所以不怕迷失，哪怕有一天找不到自己，都知道自己有枝可依。

他們都有可以去的地方，只有你溺在海的中央，退無可退。

你忽然想起，那個稚嫩無知的自己，曾經賭氣地向家人說，再也不要回家了！我討厭你們！討厭你們管我！我要長大！我要自己一個人住！

那個神情簡直愚蠢至極。

後來無數個蕭疏的夜裡，你都想起媽媽的話——

你要堅強，要學會一個人抵抗千軍萬馬。

3

你花了很大的努力，終於考到了雙主修。

為了讀書，你幾乎用盡了生活所有時間和力氣，忙得連休息的時間都沒有。你非常努力，你有自己想要去地方，有想要完成的事，有渴望成為的模樣

你總是這樣認為，即使生來並不是那種聰明絕頂的人，但只要自己夠努力就能在這個世界成功。

有時候朋友會抱怨你用了太多時間花費在讀書上，跟你在一起覺得無趣，於是慢慢地疏遠你。偶爾

你會感到難過。

你覺得大學是個開始考量利弊的地方，你被他們封為學霸，那些遠離你的朋友卻總在期中、期末考前回到你的身邊，厚臉皮得像是從來沒離你而去一樣。你是個心軟的人，出於善意，幫助這些所謂的朋友。

有好幾次，小組報告的時候，熟悉的朋友熱烈地爭奪要和你一組，你笑了笑，不置可否。「贏了」的那些朋友露出撿到寶的表情，你忽然內心刺痛了一下，看了周圍，發現沒有一個是你真心的朋友，當下你孤獨得有點想哭。

你理所當然地被任命為組長，也很有責任地幫大家分配好了工作。沒關係吧，你習慣吃虧，習慣做最多、最累的工作。

交報告的前一天晚上，突然有一個組員傳訊息給你，說他的部分來不及了怎麼辦，所有人都問你怎麼辦，沒有人考慮到你也會慌、也會亂、也會不知所措。

你為了獎學金，一個人熬夜把報告最後的部分完成，你看著天慢慢地亮了，接著是早八的課。你洗漱過後，整理好自己，如常地出門上課。你的臉色蒼白，黑眼圈浮現在眼下，沒有人看得出你的異樣，只有你自己知道好像快到了極限，快受不了這樣的生活。

期末的時候，一整組託你的福得到高分，卻沒有人想起你當初的苦勞。你看著大家都是一樣的分數時，委屈的感覺猝然冒起，但你發現自己連抱怨的權利都沒有。

你開始也明白了。

這個世界沒有所謂的公平，自己花了很大的力氣去完成的事，別人卻不花絲毫努力就輕易地品嚐到美好的結果。

有時候你也會覺得自己像個傻子一樣，堅持自己所想，以及那一點點努力和善良，但你也從來不會忘記，那種自己努力得來的成果，以及那背後巨大幸福的滿足感。

4

你終究還是學會了忍受，這個世間許多的事。

為了不成為父母的負擔，你開始利用課餘時間去打工，賺取自己的生活費。

你學會了很多的事，當你拿著抹布在清潔餐廳桌面時，想起以前在家裡看著滴滿湯汁和食物殘渣的桌面，笑笑地說：「這麼髒的東西我一輩子都不會碰」而母親總是笑著，然後替家裡清洗掉所有污跡。

在家的你不用洗碗，可來到了餐廳工作，店長因為廚房人手不夠，把你喊進去幫忙內場人員清洗碗盤。你的手浸泡在大量化學製品的洗碗精裡，漸漸地皺了皮。你一邊毫無靈魂地洗著碗，一邊不由自主地盯著一角，是你極度討厭的蟑螂，一瞬間緊張地想要跳離原地，但是你看著眼前一大堆碗碟，只能不吭聲地，默默移了一個離那隻蟑螂最遠的位置，繼續洗著碗。你想起在家裡，只要大聲一喊，就會湊上來幫你打蟑螂的爸爸，眼角開始濕濡了起來。

有次送餐的時候，你端著一盤滾燙的菜，正想著要優雅地端給客人，此時不知道從哪裡冒出一個小孩，直挺挺地撞上了你。為了手中的菜，盡可能地避開了小孩的方向，就在那短短的一瞬，把菜倒向自己，成功護住小孩的安危。小孩的母親衝了上來，心疼地抱起自己的孩子，儘管檢查完並無大礙，仍是指著你的鼻子大罵了起來，說你怎麼工作的，怎麼那麼不小心，連小孩子都撞。你無法辯解些什麼，只能默默地低頭向客人彎腰道歉。但你還是紅了眼眶，沒人看見你的手被熱菜的湯汁燙得輕輕顫抖著。

店長走了出來，擋在你面前，好不容易平息了事件，把你領到了休息室，開始第二波責罵，你終於忍不住流了眼淚。店長說，你有什麼資格哭啊。

你看見了真實的大人世界，沒有一絲修飾，那美好的白紗被無情地掀開。

你也懂得，哪有誰活著容易，只是每個人都在不動聲色地努力。

只是你還沒準備好成為一個溫潤的大人，還沒強大到能夠不為世事所動。

後來你在自己的日記裡寫下這樣的一句話，碰到某些時候再重新拿出來看，都記得起當初的心酸——

你現在看見我成熟的樣子，是我曾經用許多委屈換來的。

5

你似乎已經忘了，上一次受到別人照顧是什麼時候。

很晚很晚了。

你剛結束工作回家，回到空無一人的窩，沒有什麼收拾，簡直凌亂得可以，像極一個沒有溫度的山洞，你累得只想坐在地板上。

通常都是這樣的，經歷一整天的辛苦，全身不剩絲毫力氣。你看著空蕩蕩的冰箱，嘆了口氣，最終還是拖著滯重的身軀，到便利商店買了加熱便當，吃著吃著就哭了。

你忽然想起了家裡的飯菜。

你想到以前總是抱怨家人煮著一些不鹹不淡的菜，渴望著外食千變萬化的品項，你瞧不起母親做的那些家常便飯。

你突然發現，已經好久沒喝湯了。

有一次你病得厲害。

發燒至三十九度，精神已經有點渙散，用力把自己滾燙的身體支撐起來，站起來走了兩步，覺得實在不行了，太難受了，又重新躺回床上。

你的整個身體都在喊疼。

意志已經無法再跟病毒較量，你想要有個人來抱抱你，光臨你頹圮的生活。可是沒有，一直都沒有。你覺得自己就這樣病死在床上，也許都不會有人發現。

你忽然悲傷地想，這樣的日子，以後還會有。

所以你要習慣，要習慣這樣沒有依靠的日子。

只有你自己知道，你一點都不好。

你只是強迫自己看起來很好。

你開始明白了一些世故，也開始變得世故，開始記不起自己當初的樣子，也學會講一些違心的話。

你看起來笑得絲毫不費勁，只是也慢慢忘了該怎麼哭。原來長大的過程，就是即使你再難過，也要學會收好自己的難堪和不捨，不動聲色地泯然在人群之中，像是什麼事都沒有發生過那樣。

世界千千萬萬個路口，你總要一個人走。

6

那個時候，他闖進了你的世界，對你說，我要接收你全部的悲傷，以後有我陪你一起分擔了。如今，他不經意的眼神透露著疲憊，他卻這樣對你說，妳怎麼每天都那麼悲傷和敏感。

他終於看見你所有的軟弱，但他卻忘了當初的承諾。

這時你才知道，原來沒有一個人真的可以承受另一個人的悲傷。當人看過那個世界，就會想逃離。

我們都一樣，不過只是都不夠強大。

他這樣對你說：「我們不能一直停留在那裡，我們要往前走了，我們不再是小孩子了。」

你哭著想要他為你停留下來。

你說，難道就沒有東西是不會變的嗎？

在那一刻你才知道，那個說好要陪你一起走到未來的人，終究還是離開了你，終究還是殘忍地把你拋下。你無法挽回地失去了他，也就在這個過程裡，無法挽回地失去了自己。

你碎裂了。

碎裂在一次次的清晨裡，你從夢中醒過來，滿腦子都是他的臉孔、他的聲音。

再也沒有人會在失眠的夜裡把你緊緊地抱在懷裡，再也沒有人會替你抵擋世上的尖銳，再也沒有人會安慰你所有的受傷情緒。

你終於還是回到荒涼的路上。

你被活活埋在山谷的最底端，上面不斷有泥石滾落，把你壓得喘不過氣來，每分每秒都使你疼痛至極。你被撕裂了一次又一次，再也拼湊不起來了。

你只能一遍又一遍地對自己說，沒關係的，失去是這個人世間的常態，誰也不例外，總是要面對的。沒有人會陪你走一輩子，你得要習慣，沒關係，沒關係，明天就會忘記了，明天就會更好一點。

可是，有時候你也會想，自己可能再也不會好了。

再也、再也沒辦法再愛一次了。

有人和你說，餘生還長，總夠我們學會遺忘。

你知道的，都知道的，只是你沒辦法輕易地囚渡所有的悲傷，只是你還沒辦法把那個人和愛他的自己葬進過去裡。

我再哭一天，再讓我再哭一天。明天，明天我就忘了你，好不好。

7

你開始面對生活，面對人生，面對這個廣大而茫然的世界，面對一些別人給予的目光和綑綁，開始操心以前不用去煩惱的事情。你的世界再無人幫自己撐傘，你只能做自己的港灣。你終於長成了小時候盼望的樣子，卻沒能擁有小時候那樣簡單的快樂。

你開始覺得，你再也沒有柔軟的地方可以面對這個世界。你的心變得荒蕪，再也沒有生命的痕跡，種不出任何一簇花來。你活得並不快樂，只是你不知道可以怎麼辦，你也想要擁有能讓自己心臟跳動的東西，可是真的有嗎？這個世界真的有嗎？你有時候會想，不如算了吧，就這樣一了百了。

是從什麼時候開始，你覺得自己壞掉了。被無止境的悲傷包圍，它們就像是一隻兇猛的獸壓在你的頭上，你被箝制住，動彈不得。你面對世界的目光只剩窒息，想要放棄一切，包括你自己。你不明白如果活在世界每天都得不到快樂，那麼，人到底是為了什麼而活。你開始無法像正常人一樣生活，你丟失了睡眠，精神開始糜爛；有時候看著鏡子也會覺得陌生，那個殘破不堪如槁木死灰一般的自己，也會產生想要毀滅自己的衝動。

然而，當你跟親近的人求救的時候，他們卻說：「不要不開心啦！」總不把你的悲傷當成一回事。

你開始懂了，世界上總有些悲傷，沒有人會懂得。

你只能照顧好自己的痛。

8

那個時候人們說：「等你長大，你想要的以後都會有。」

可是人們都不懂啊。

等我長大，我就不想要那時想要的東西了。

9

無數個長大的瞬間。

像是最平凡的夜裡，和睡眠持續不斷地戰爭和拉扯，在那過後，疲憊不堪地渙散了精神和時間，然後你頂著巨大的、沉重的腳步又邁向新的一天。

或是花了所有的力氣去做一件事，你覺得把自己都燃燒乾淨，可是最後沒有得到預期想要的結果，然後你想著這會不會是自己最後一次的義無反顧。

或是努力修補那個滿身坑坑窪窪的自己，你知道那些錯誤在那裡，但你伸手卻搆不著它們。你看著自己碎裂，但卻無能為力地把自己拾起。

偶爾會這樣，被一些什麼狠狠地困住在原地，動彈不得，往前走或是往後退，都會讓自己疼痛。所有東西都在往前，都在和自己告別，只有自己，僵持在原地，分不清楚光明的方向在哪裡。

他們說，這就是長大。

後來一想，也對，沒有人能夠不背負任何重擔地往前，我是這樣，你們也是這樣。我們每個人都有著不同的煩惱，同樣也有著不同的努力和不同的好。而這些重擔和煩惱讓我成為一個與眾不同的人，成為我，成為你。

翻過的每一座山，徘徊過的每一條路，經歷的每一段旅程，遇見的每一個人，撞過的南牆，撒過的謊言，放開過的雙手，無數個瞬間的疼痛和經歷組成如今的自己，而如今的自己也正慢慢地堆砌起未來的自己。一天一天把悲傷過得熟練，也一天一天把從前的期望兌現。

或許真的是這樣，我們的勇敢全部來自於我們的遺憾。一路走來，從來不缺難過以及灰暗，但同樣地，也不乏勇敢。正是這些遺憾帶著我們更加勇敢，也正是勇敢帶我們走過那些遺憾。

所有一切都會用一種獨特的方式歸來，我們只管前行，不走回路。

——記念成長的殘忍

青春有青春的好，長大也有長大的好。

我一直相信，每個故事都是如此值得被紀念的。

想起了那個穿著校裙和好朋友下課後一同走了好幾個地鐵站，只為了買一杯喜愛的奶茶；或是明明是難熬的數學課，卻在桌底下悄悄地傳遞著小紙條，那張紙條一直躺在課本裡，成為那段時光裡最無知的美好；又或是明明跟喜歡的人毫無交集，卻能因為在走廊上遙遠地看他一眼而開心一整天，即使是細小到擦肩而過的情節都值得紀念；又或者是誰的笑容，明明那一幕場景在回憶裡已經變得混沌蒼茫，卻總是在失意時所帶來的溫暖堅定，卻支撐了自己走很長的一路。

那時候的我們，什麼都沒有，也什麼都有。

在那個匱乏的年紀裡，我一直都盼望著長大。想快點變成大人，想不受學校的箝制，想自由自在，想離開家，想要到更遠的地方去流浪。之於當時的我而言，年紀小是件不怎麼光彩的事，我能幻想的所有燦爛的未來，都與當時的自己完全截然不同。

我們總是這樣，總是渴望想要去更大的世界。

然而，為什麼終於到了我們嚮往的年紀，卻發現還是青春比較好呢？

長大是誰都無法避免的事情。

我時常聽到很多人跟我抱怨說不想要長大，抱怨這個無情又混亂的世界，抱怨自己開始要承擔著責任，開始懂得以前不懂的，開始明白許多潛在的規則，開始變得孤獨，變得沉默，開始不快樂了。

我想我們每個人都曾經這麼想過，在我認識的絕大部分人之中，很少聽到有人跟我說，啊，長大真好。

於是我一直在思考著，到底長大的意義是什麼。

長大讓從前的時光變得珍貴，長大讓我們學會珍惜快樂的日子，長大也讓我們比以前懂事，長大讓我們可以自己對自己負責，長大可以讓我們走得更遠，長大能使自己做得更多，長大讓我們一步一步蛻變成更好的人。

我們在這個過程中反覆地受傷、不斷地自我懷疑、偶爾破碎又偶爾重生，推翻了以前所有對於大人世界的想像，然後一次次地在碰壁和艱難中劫後餘生，這就是長大的意義。

我開始也覺得長大其實並不錯，可以學會自己賺錢，可以偶爾為父母買些小禮物，可以見到他們望著我時所露出自豪的笑容。我可以走得更遠了，以前說過想去的地方，也能漸漸地用自己的努力去抵達；拍些漂亮的風景照，然後鑲在閃閃發亮的相框之中，讓往後的我隨時隨地都可以回顧。我可以更加靠近從前嚮往地關於自己未來的模樣，雖然還沒辦法達成，但我知道我在慢慢地靠近，我為我曾經承受過的、曾經跌撞過的一切都感到心滿意足。

所以你看，果然長大也有著長大的好吧。

在寫這本書的時間，我仔細地翻閱了許多跟從前有關的回憶，從數萬個細碎片段中提取了一些值得記念的故事，發現這些或大或小、或絢爛或黯淡，或疼痛或幸福的年少畫面，都只是我們生命中的序章而已。我們終將要帶著這些深刻走進更邈遠的未來裡。

在那之前，請你好好地回顧這些念想、這些記念、這些故事。

不能忘。

那些美好如炬的場景，不能忘。

那些刻入心骨的青春，不能忘。

那些松花釀酒的美好，不能忘。

你青春裡的每一天，都精緻得如同一篇值得裱框的小說。

願你擁有能夠受傷的心臟，也能夠在傷痛裡堅強。

願你深情溫柔不曾到頭，前路跌撞卻仍能往前走。

願你終究找到自己的寬闊。

還是會有許多不熟練的時候，也還是會有被世界的鋒利割傷的時候，甚至也會有埋怨自己仍然不夠美好的時候。依然不懂得許多道理，也依然當不了一個稱職的大人，不明白許多世界的法則，有時候邊走也還是會邊厭惡著這個不夠完美的世界。

沒關係的，真的沒關係的。

做得不夠好也沒有關係，走得很緩慢也沒有關係，達不到預期也沒有關係。

關於這輩子，我們還有好多事要去學習。

你只要記得，你在這些跌撞和受傷之間，如此溫柔、沉穩地成長，那就足夠了。

其他的事，再交給未來就好。

再一次謝謝所有在寫作路上一直幫助我很多的各方好友，以及和我分享故事的朋友，你們不要懷疑，這本書絕大多數的故事和念想都是真實的。

這一次我把我青春裡的念想都裝進這本書裡了，也是這一次，我終於捨得和青春告別。

最後在這裡再許一個願：

我希望我愛的人，永遠有不滅的天光，能在陳朽荒原裡逢生，生不離笑，日日長安。

不朽

2019/05/31 21:40 TAIPEI

你的少年念想

作　　者 | 不朽
發 行 人 | 林隆奮 Frank Lin
社　　長 | 蘇國林 Green Su

出版團隊
總 編 輯 | 葉怡慧 Carol Yeh
企劃編輯 | 鄭世佳 Josephine Cheng
責任行銷 | 朱韻淑 Vina Ju
封面裝幀 | 木木 Lin
內頁排版 | 黃靖芳 Jing Huang

行銷統籌
業務處長 | 吳宗庭 Tim Wu
業務主任 | 蘇倍生 Benson Su
業務專員 | 鍾依娟 Irina Chung
業務秘書 | 陳曉琪 Angel Chen・莊皓雯 Gia Chuang

發行公司 | 悅知文化　精誠資訊股份有限公司
105台北市松山區復興北路99號12樓
訂購專線 | (02) 2719-8811
訂購傳真 | (02) 2719-7980
專屬網址 | http://www.delightpress.com.tw
悅知客服 | cs@delightpress.com.tw
ISBN：978-986-510-011-7
建議售價 | 新台幣320元　首版一刷 | 2019年07月　首版13刷 | 2023年10月

國家圖書館出版品預行編目資料

你的少年念想/ 不朽著 -- 初版. -- 臺北市：精誠資訊, 2019.07
面；　公分
ISBN 978-986-510-011-7 (平裝)

855　108009236

建議分類 | 華文創作

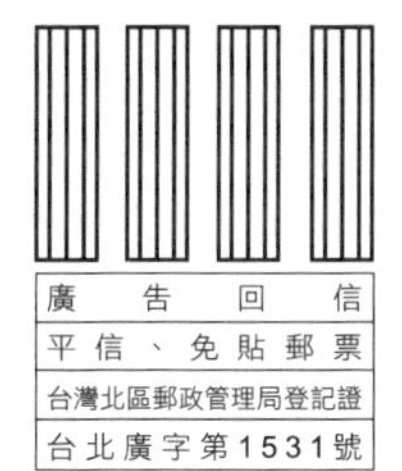

SYSTEX making it happen 精誠資訊 | dp 悅知文化 Delight Press

精誠公司悅知文化　收

105 台北市復興北路99號12樓

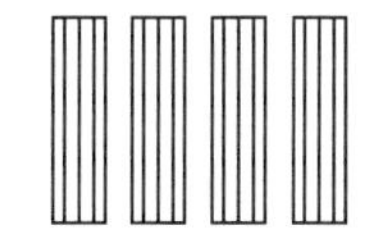

－－－－－－－－－－－－－－－－－－（請沿此虛線對折寄回）－－－－－－－－－－－－－

dp 悅知文化 Delight Press

讀者回函

《你的少年念想》

感謝您購買本書。為提供更好的服務，請撥冗回答下列問題，以做為我們日後改善的依據。
請將回函寄回台北市復興北路99號12樓（免貼郵票），悅知文化感謝您的支持與愛護！

姓名：________________ 性別：□男 □女 年齡：______歲

聯絡電話：(日)________________ (夜)________________

Email：________________

通訊地址：□□□-□□ ________________

學歷：□國中以下 □高中 □專科 □大學 □研究所 □研究所以上

職稱：□學生 □家管 □自由工作者 □一般職員 □中高階主管 □經營者 □其他________

平均每月購買幾本書：□4本以下 □4~10本 □10本~20本 □20本以上

- **您喜歡的閱讀類別？(可複選)**

□文學小說 □心靈勵志 □行銷商管 □藝術設計 □生活風格 □旅遊 □食譜 □其他________

- **請問您如何獲得閱讀資訊？(可複選)**

□悅知官網、社群、電子報 □書店文宣 □他人介紹 □團購管道

媒體：□網路 □報紙 □雜誌 □廣播 □電視 □其他________

- **請問您在何處購買本書？**

實體書店：□誠品 □金石堂 □紀伊國屋 □其他________

網路書店：□博客來 □金石堂 □誠品 □PCHome □讀冊 □其他________

- **購買本書的主要原因是？(單選)**

□工作或生活所需 □主題吸引 □親友推薦 □書封精美 □喜歡悅知 □喜歡作者 □行銷活動

□有折扣______折 □媒體推薦________

- **您覺得本書的品質及內容如何？**

內容：□很好 □普通 □待加強 原因：________

印刷：□很好 □普通 □待加強 原因：________

價格：□偏高 □普通 □偏低 原因：________

- **請問您認識悅知文化嗎？(可複選)**

□第一次接觸 □購買過悅知其他書籍 □已加入悅知網站會員www.delightpress.com.tw □有訂閱悅知電子報

- **請問您是否瀏覽過悅知文化網站？** □是 □否

- **您願意收到我們發送的電子報，以得到更多書訊及優惠嗎？** □願意 □不願意

- **請問您對本書的綜合建議：**________

- **希望我們出版什麼類型的書：**________